José Gordon

El libro del destino

DEBOLS!LLO

El papel utilizado para la impresión de este libro ha sido fabricado a partir de madera procedente de bosques y plantaciones gestionadas con los más altos estándares ambientales, garantizando una explotación de los recursos sostenible con el medio ambiente y beneficiosa para las personas.

El libro del destino

Primera edición en Debolsillo: abril, 2023

Penguin Random House Grupo Editorial, S. A. de C. V.
Blvd. Miguel de Cervantes Saavedra núm. 301, 1er piso,
colonia Granada, alcaldía Miguel Hidalgo, C. P. 11520,
Ciudad de México

penguinlibros.com

Diseño de portada: Penguin Random House / Luis Cabrera Ruiz
Fotografía del autor: © Belinda Garen

ISBN: 978-607-382-822-2

Impreso en México – *Printed in Mexico*

Para Noemí y Esther,
las de entonces, las de ahora,
las de siempre

Sílabas las estrellas compongan.
Sor Juana Inés de la Cruz

Índice

Capítulo I

Si todo ya estaba escrito, estas líneas también ya estaban escritas. Lo único que hacemos es tratar de leer entre brumas, entre nebulosas, una caligrafía que presentimos en la inmensidad nocturna. ¿Será que estas letras se deslizan por un molde ya trazado y ocupan puntualmente su lugar? No lo sé. Nada hay más difícil que descifrar el destino, sobre todo el propio.

No sé cómo llegué a esta situación. Te la voy a describir para que la imagines. ¿Me podrás escuchar? Tú siempre pensaste que nos podíamos comunicar con tan sólo desearlo... Yo nunca lo creí. Hoy espero que sea cierto.

Son las tres de la mañana. Sobre mi escritorio se acumulan en desorden varias cartas astrales. La Luna, el Sol, Mercurio y Júpiter son algunas de las letras de este lenguaje. Tengo abiertos tres libros milenarios, traducidos del sánscrito, que me hablan de los efectos de las posiciones planetarias en distintas regiones del espacio, de sus combinaciones, de los dioses que rigen desde el color de la tierra hasta el desarrollo de los huesos, de lo que va a pasarnos a ti y a mí. Analizo las cartas, empiezo a reconocer con claridad, después de intensos meses de estudio, las tramas y vidas de amigos y conocidos. Sin embargo, cuando veo nuestras cartas simplemente no entiendo.

Tú me lo dijiste una vez. ¿Te acuerdas? Tu maestro de teatro, que sabe tanto de historias, acostumbrado a trazarlas, a crear seres humanos desde las páginas de un drama, tiene ya la capacidad de ver adonde desemboca un personaje con un gesto, con una palabra, con una actitud. Conoce el sentido del tiempo con tal precisión que sabe cuándo sus alumnos, en sus propias vidas, se dirigen a una tragedia o a una farsa. Intenta incluso enmendarles el guion, pero esa claridad para ver el destino ajeno se nubla cuando trata de leerse a sí mismo. A mí me pasa igual.

¿Me imaginaste alguna vez así? Yo, el que lo tiene todo perfectamente ordenado, ando en estos esoterismos. Estoy aquí, sumido entre cálculos, números y trigonometría, pero nunca pensé que mi carrera de matemáticas sería utilizada en esto. No creas que no me da vergüenza, sin embargo, puede más el deseo de entender. A estas horas de la madrugada, con este silencio tan entonado, me siento dentro de un vórtice desde donde puedo salir a cualquier parte. Como si estuviera fuera del tiempo y pudiera transportarme inmediatamente al lugar donde se enfoca la atención. Una vez lo viví con claridad. Poco antes de despertar me sentí lleno de luz, mi pensamiento sin ninguna conciencia se acomodó en las coordenadas del cuarto de la casa de mi infancia: un cuerpo dentro de mi cuerpo soñante quedó en la dirección en que estaba orientada mi cama en ese tiempo. Vi el ventanal, el verde del jardín vibraba suavemente, sentí la inminencia de despertar ahí. ¿Sabes? *Ahí.*

¿Y si pudiera sucederme eso mismo contigo? Cierro los ojos. Me voy al cruce de caminos del olvido y de repente estoy en esos tiempos en que nos abrazábamos sin la carga de historias y memorias fallidas. Vuelvo a cerrar los ojos: aparece la imagen de ese día en la playa, sin gente, en que dabas vueltas sobre ti y danzabas con las olas. Te veo entregada a la vida y a su ritmo en una intimidad que me conmueve. Te abandonas, con una confianza que desconozco, al placer de lo elemental: agua, aire, sol y arena. La sal húmeda no está tan solo en los labios, sino en la respiración. ¿Por qué no vuelve esa experiencia con la misma certeza de este momento en que veo mis manos tocar de manera contundente la madera del escritorio? ¿Podríamos regresar a un instante anterior a los celos irracionales con que siempre te acosaba? Sí, como si la vida fuera un *videotape.* Le ponemos *rewind* y desde ahí editamos. Lo irremediable ya no sería irremediable. Podríamos volver, a voluntad, a sentir con plena presencia el olor y el sabor de esos días cuando al hacer el amor, por unos momentos nos unimos por completo, como si nos hubiéramos ido al infinito... Si estuvimos ahí, entonces podemos volver. Debería ser posible volver.

Pero también podríamos volver a lo que quiero borrar. Al miedo que mi analista, quien nunca dice nada, dice que me acompaña. Estoy obsesionado por que nada se salga de control. Tú siempre me lo dijiste, "todo lo tienes dentro de un esquema": libros, ropa, calcetines, cajones perfectamente acomodados. Horarios perfectamente establecidos.

La razón, todo se puede entender con la razón. Pero también mi razón me habla de un miedo oscuro, un miedo relacionado con el pasado de mi madre en la Guerra Mundial. Estoy poseído por una historia que nunca viví ni conozco. Sí, por supuesto, ya he entendido que esas pesadillas con puentes grises, edificios en ruinas, cristales rotos y perros pastor alemán las tenemos los hijos de quienes vivieron el Holocausto, pero hay un misterio que necesito me ayudes a desentrañar. Los fantasmas tienen un nombre, una forma. Lo que tengo en mi interior, no. Mi madre siempre calla. Cuando le pregunto de *allá,* del Viejo Mundo donde nació, calla. Su mirada se ensombrece. ¿Cómo es posible que exista una sombra dentro de una sombra? He rastreado su correspondencia. Le he escrito a sus parientes que viven en Australia. Te pido que me ayudes a aclararlo. Ella te quiere mucho. Dice que son almas gemelas. ¿Tú crees?

Aquí me tienes enredado con el pasado, con la historia de mi madre y con mi futuro. No sé cómo llegué a esta situación. O mejor dicho. Sí sé.

Todo empezó ese día en que de repente, de golpe, me dijiste que estabas enamorada de otro. Me derrumbé por completo. Te derrumbaste. Los dos lloramos y lo más extraño, en vez de hacer una escena, nos abrazamos sin entender nada. Me dijiste, en medio de sollozos entrecortados, que me amabas a mí aunque lo deseabas a él. Yo que sentía que lo nuestro estaba relativamente bien, que todo estaba bajo control. Si algo llegué a concebir como felicidad, fueron esos momentos en que nos encontrábamos en casa después del trabajo y nos sentábamos en nuestro sofá (tú lo quisiste siempre azul) a ver una película en la televisión. ¿Te acuerdas del orgullo que sentíamos por ese mueble, nuestro primer mueble? Me preparabas un café, me platicabas de tus proyectos. Me hablabas de vivir con intensidad, del miedo que te daba aburguesarte. Yo sentía, con cierta satisfacción, que hablar de esos problemas nos colocaba por encima de ellos. Nos daba una dimensión más profunda. Sin embargo, no te escuchaba del todo. Me distraías de la película. Tú podías hacer tres cosas al mismo tiempo. Yo no. Yo necesitaba concentración. No me daba cuenta de lo que me estabas pidiendo. Me resguardaba en ese pequeño refugio contra los conflictos del mundo que creía haber construido contigo. Toda mi energía se iba en mantener la ilusión de ese equilibrio. Uno nunca sabe por dónde llega el cambio que lo transforma todo. Ese día se quebró mi vida. Se manifestó mi temor más íntimo. Me incendió por dentro imaginarte con otro. Una lava de rabia y furia, confundida con luz (no entiendo por qué con luz), recorrió mi cuerpo y me arrojó, más allá de mí mismo, a un sitio en que atestiguas desdoblado eso que no puede ser y que está siendo. Te compadeciste hasta lo indecible por nuestra situación. Entonces se te ocurrió que fuéramos con la astróloga que estudió en la India, la que te recomendó tu maestro de teatro. Nos reímos. Yo te dije que eso no era racional. Tú me dijiste de manera algo melodramática que debíamos enfrentar el destino. ¿Quién lo escribe, Heny, si es que puedes oírme, dime quién lo escribe?

Están nerviosos. La tarde está nublada a plomo. No encuentran fácilmente un lugar de estacionamiento. Los edificios enfrentados de una acera a la otra cubren aún más la luz. Mijael, alto, delgado, de tez morena, baja con torpeza del coche. Le abre la puerta a Heny. Él se acomoda los lentes y observa en un relámpago cubista la piel pecosa, la frente amplia, los ojos que se adivinan verdes, el vuelo de la falda, la entrepierna. En medio de altas construcciones modernas y remodelaciones, perviven en la colonia Polanco edificios grises de cuatro pisos, con azoteas redondas llenas de macetas y arbustos, como el que están buscando. Un muchacho, que calza botas de hule, limpia con un trapo húmedo el cristal de la entrada; sordo al exterior, escucha a Shakira en su *walkman*, los mira con curiosidad, entre las simetrías espumosas del jabón, como si estuviera ante un videoclip; los juzga bien vestidos y, sin más, les abre la puerta.

No hay elevador. La pareja se pierde en la oscuridad de sus pasos, silencios, respiraciones y latidos. Por fin llegan al tercer piso. Tocan el timbre. Después de unos momentos se abre la puerta. La claridad del fondo dibuja en el pasillo un triángulo luminoso. Los ojos se ajustan al contraste.

—Pasen, por favor.

Heny y Mijael, tomados de la mano, observan el departamento. A la derecha se extiende por la pared un librero que cubre desde el piso hasta el techo. La madera es de encino blanqueado, transparenta sus finas vetas. En medio del mueble, bajo un haz de halógeno, destaca un atril, también de madera, en el que descansa un viejo libro abierto en las páginas de un mapa del cielo con anotaciones manuscritas. A la izquierda, en la pared blanca de tirol planchado, las texturas ocres, grises y verdes de un cuadro de Francisco Toledo. En la sala, sobre un mullido tapete *beige*, hay una mesa de bronce y cristal, rodeada por una lámpara de pie, dos sofás blancos y un sillón. Al centro de la mesa, una vasija plateada con rosas rojas que desprenden su fragancia en ráfagas esporádicas.

—Tomen asiento —la ven por fin de frente. La luz de la ventana vela los rasgos.

—Gracias por recibirnos —dice Heny—. Entiendo que da muy pocas citas. De veras lo aprecio.

Dora mueve la mano como si estuviera apartando una mosca:

—No hay cuidado —dice seca—. Ya tengo sus cartas astrales. Vamos a verificar los datos.

Mijael observa a Dora. La imagen se afina. La piel blanca del rostro está bordeada por un ligero vello que suaviza la expresión. Los ojos azules se ven muy vivos en el marco del cabello rubio y gris, recogido. Las arrugas se pronuncian alrededor de la mirada. Debe tener cincuenta años. Mijael se sorprende de su atractivo. Su cuerpo es delgado y firme. Una delicada sensualidad se contorna en la blusa blanca y en las líneas que dibujan el saco y el pantalón verde oscuro.

Dora estudia con atención las cartas. A pesar de tantos años de lectura de los astros, no deja de conmoverse al apreciar de pronto, en unos cuantos signos, la historia y el drama de una vida. Levanta la mirada:

—Vamos a ver... Los dos nacieron en la Ciudad de México... Treinta años. Usted tiene treinta años —se dirige a

Mijael—. Y usted veintisiete. Déjenme ver... De acuerdo con estos datos, si las fechas y horas de nacimiento son correctas, las posiciones de los planetas indican tres años de matrimonio... Aquí dice que todavía no deben tener hijos... ¿Se están separando?

Mijael se enciende inesperadamente contra su acostumbrada reserva:

—¿Cómo supo que llevamos tres años de casados? —se vuelve a mirar a Heny—. ¿Tú le dijiste algo? ¿Le hablaste de nuestro problema? ¿Qué caso tiene esto si ya sabe de qué se trata? —Heny lo mira con dureza y dice *no* mediante un meneo ligero de la cabeza.

—Créame que el lenguaje de estas cartas es sorprendente —trata de conciliar Dora.

—Yo creo que es una deducción lógica. No se necesita mucha ciencia. Es una simple cuestión de estadística y observación —afirma Mijael—. ¿Para qué vendríamos a consultarla si no tuviéramos algún problema?

—Esto también tiene su lógica —responde Dora, tranquila.

—Una lógica de palabras ambiguas con las cuales todos pueden identificarse. Siempre te dicen que seas cauteloso, que no tomes riesgos innecesarios —Mijael habla con rapidez—. Por favor, ¿dígame a quién no se aplica? Yo también puedo predecirle que en este momento en el oriente de la ciudad hay varias perras que están dando a luz y que uno de los cachorros será de color blanco. Ahora mismo en cientos de periódicos y revistas está escrito: "Hoy encontrarás a alguien que cambiará tu vida". Lo mismo aparecerá el día de mañana. Lo peor de todo es que hay un alto porcentaje de personas que cree en estas tonterías. Si estamos predispuestos, en todo vemos signos y presagios que se autocumplen —Mijael toma aire. Sus manos tiemblan ligeramente—. ¿Sabía que los que creen en los horóscopos chinos se mueren precisamente porque creen en la predicción de su muerte? ¿Lo sabía?... Eso es algo que *usted* debería saber, ya se ha estudiado mucho. Todos hemos tenido miedo y valor, fracasos y victorias; nos hemos sentido vulnerables y fuertes. ¿Por qué manipular esas expectativas? No hay que aprovecharse de la debilidad e incertidumbre de la gente. No es ético —dice Mijael.

—Por supuesto que todos experimentamos altibajos. El problema es el cuándo —responde Dora. Heny fulmina con la mirada a Mijael.

—Por cierto —prosigue Dora—, en el fondo, usted concuerda con André Breton. Él decía que la gran dama de la astrología había sido convertida en prostituta en estos tiempos, gracias a los horóscopos de las revistas y periódicos.

Mijael se intriga con las palabras de Dora. La mira con interés.

—No es un buen momento para ustedes —dice Dora.

—Creo que es más que obvio —ironiza Mijael—. No se necesita de las estrellas para saberlo.

—¡Mijael! ¡Por favor! ¿No puedes suspender tus juicios por una vez en la vida? —Heny tensa la voz.

—Calma. Calma —interviene Dora—. No es tan sencillo. Su Marte en la primera casa lo quema por dentro.

Las palabras de Dora tocan una cuerda resonante con una zona del lenguaje que se manifiesta por un momento, imperceptible para Mijael, pero que deja huella: *Un Marte quema, un mar te quema.*

—Esa sensación la reconozco —concede Mijael perturbado, lo vence la exactitud de la experiencia interna. Se extraña de su propia reacción.

—Los dos tienen a Marte afectando la casa del matrimonio. En India a eso se le llama *kuya dosha.* Implica aflicción, pleitos. Estallan en seguida. Yo sé de eso —afirma Dora y calla.

—En India —continúa Dora—, quien tiene *kuya dosha* no se puede casar. Los astrólogos no permiten la boda cuando se da esta condición. Cada familia tiene su astrólogo de cabecera —Mijael piensa en el fatalismo hindú y en que medio mundo en Occidente está divorciado. No será por los planetas. Decide, sin embargo, guardar silencio.

—No se imaginan las peleas que se pueden dar cuando los astrólogos de cada familia no se ponen de acuerdo. La única solución para alguien que tiene *kuya dosha* es casarse con otro que también tenga *kuya dosha.* Eso no quita la tensión, pero el matrimonio puede sobrevivir. Ustedes lo saben: están pasando por el periodo más difícil de su relación. Yo lo leo aquí —señala unos papeles con diagramas rectangulares dentro de los cuales se divide el cielo en doce moradas, doce casas en forma de rombos y triángulos, donde se trazan los distintos emplazamientos de los planetas y las constelaciones—. Heny, en particular, está atravesando un periodo regido por Saturno que propicia una separación. Esa etapa terminará en seis meses.

"En estos días los esfuerzos por mantener su relación serán infructuosos. Heny se va a alejar. Probablemente a causa de otra persona. No habrá nada que hacer, Mijael —lo mira con compasión, conocedora del impacto de las palabras. Lo empieza a tutear:

—Es preferible que lo sepas. Algo similar me ocurrió a mí. En estos momentos tú la amas desesperadamente. Quieres regresar con ella. Estás dispuesto al perdón. Sin embargo, se van a separar. Dentro de seis meses es posible que se vuelvan a reencontrar, pero para entonces habrás sufrido un cambio muy profundo. En ese momento será tuya la decisión y quizás eliges no volver. El cambio está relacionado con tu Luna, con la madre. Una Luna que ha pasado por grandes calamidades, por grandes incendios. ¿Qué le pasó a tu madre, Dios mío?

Dora examina nuevamente, a solas, las cartas astrales de Mijael y Heny. Después de haber leído y estudiado más de diez mil cartas, la percepción de lo que dicen las configuraciones del cielo se le ha vuelto una segunda naturaleza. Heny tiene la exaltación de *Shukra,* Venus, en la primera casa, la casa del ser. Eso le da una gran belleza, temperamento artístico fuera de serie. En el mismo espacio se encuentra el punto sensible llamado *Rahu,* la cabeza del dragón, que simboliza apasionamiento. *Guru,* Júpiter, la trascendencia, mira a la primera casa desde la casa nueve, la morada de la espiritualidad. Un delicado balance de pesas y contrapesas.

Mijael tiene *Mangal*, Marte, en la primera casa. Está en *yuti*, en compañía de *Ketu*, la cola del dragón, que le confiere lógica, gran habilidad para el quehacer científico y, al mismo tiempo, cierta sensación de impedimento interno. También le imprime un deseo profundo de liberación. *Mangal*, fuego, *Ketu*, liberación. La conjugación de palabras crea un destino. Un personaje, una vida —recuerda Dora lo que han dicho algunos novelistas—, está hecho de unas cuantas palabras clave alrededor de las cuales gira. *Budha*, Mercurio, el planeta del intelecto, está en exaltación en la casa diez, la casa de la profesión. Interesante, piensa Dora, el mismo rasgo que le da a Mijael una capacidad extraordinaria para las matemáticas se lo da también para el *Jyotish*. Mijael estudiará astrología védica. Dora se detiene en el análisis de la casa de la madre. Mijael le ha pedido que le diga todo lo que pueda decirle. *Chandra*, la Luna, símbolo de la madre, está en la casa ocho, la casa de las catástrofes, de las calamidades, de la vulnerabilidad. Sin embargo, está en su propia casa, y *Guru*, Júpiter, protección divina, le da *drishti*, la mira desde la cuarta casa. La casa ocho también es la casa de las transformaciones, de lo oculto y lo secreto. Dora estudia una serie de cálculos más finos para leer información sobre la madre desde la carta del hijo. La cuarta casa simboliza también a la madre. Tiene la mirada de *Mangal*, del fuego, desde la primera casa. Dora se estremece. Ve de nuevo una tragedia: el efecto destructivo de la mirada de *Shani*, Saturno, en los abuelos de Mijael. Aprecia a grandes líneas el drama de la madre. En la subdivisión de la carta llamada *Drekkana*, aparece el símbolo de una mujer de cabellos rojos, asociada con la mamá de Mijael. Una mujer que la acompaña en la infancia, íntimamente ligada a la vida y la muerte.

Dora pone sobre la mesa, lado a lado, las cartas de Mijael y Heny. Las compara. Las empalma al trasluz. Son destinos entrelazados. Recuerda un caso similar que estudió con su maestro en la India y se apresura a buscar los apuntes. Entra al estudio. Abre los cajones del escritorio antiguo. Regresa a la sala con unos fólders. Se sienta sobre el tapete con las piernas cruzadas. Revisa los papeles con cuidado; se detiene en unos, los analiza y nuevamente examina las cartas. Son, sin duda, destinos entrelazados. Heny es mensajera de la liberación de Mijael. Esa liberación está relacionada con la madre. Eso lo entiende Dora: en la tradición de la India cuando la madre se ilumina, el hijo también se libera sin importar la distancia física. Lo que no entiende Dora es precisamente por qué, a pesar de la separación inminente de Mijael, Heny desempeñará un papel esencial en este proceso. Pero ahí está marcado, está escrito que Heny tendrá algo que ver. Dora lee que hay entre ellos un amor profundo, más allá de las circunstancias y las fuerzas que ahora los mueven. La relación podría salvarse, pero Mijael se puede cansar. Está muy herido. Sabe desde algún sitio que Heny le es vital. Lo mismo sucede con Heny. Por eso la situación es de tragedia. De otra manera, no importaría. Dora sopesa las fuerzas. Hay muchos factores que podrían ayudar a la unión, igual número de factores conspiran hacia la separación definitiva. ¿Por qué este juego?

Dora decide inclinar la balanza. De otra manera, ¿para qué sirve leer el destino? ¿Para qué sirve conocer la ciencia de los nombres? Su maestro en Nueva Delhi siempre le señalaba que ella tenía la sabiduría de las palabras que tocan el corazón de la materia, que transforman la fisiología y el alma, las palabras que afectan vidas y reescriben destinos. Se le aparecía de una manera inesperada una oportunidad de reescribir su propia historia. Ella vivió algo similar. ¿Había llegado el tiempo de poner en práctica las *yagyas*?

En múltiples ocasiones atestiguó en la India esos rituales en que se arroja al fuego, arroz y *ghee*, mantequilla refinada, mientras los *pandits* recitan mantras y se pide la gracia para remover obstáculos, para borrar y reconstruir la acción. El teatro del deseo, piensa Dora, mientras su mirada se posa en las cartas sobre la mesa. Su maestro le dijo que vendría el tiempo en que ella misma realizaría *yagyas.* Su primera prueba sería muy difícil. No sería seguro el éxito. ¿Por qué este juego?, se pregunta Dora, mientras prende una varilla de incienso y observa los arabescos del humo.

Capítulo II

Louis de Wohl se despertó bañado en sudor. Había soñado otra vez con fosas colectivas. Las calles estaban ocupadas por tanques y grupos de soldados. Hitler tenía extendido un mapa de Europa en una mesa, y flotaban a su alrededor planetas en miniatura. Desde 1927, cuando vivía en Berlín, comenzaron a aparecer esas imágenes en sus sueños. Se frotó los ojos para despejar los residuos de la neblina nocturna, vio el reloj y se dirigió rápidamente al baño. Tenía que rasurarse nuevamente. El contacto con la duela desgastada y el agua fría lo terminó de ubicar en ese pequeño cuarto de la casa en que se hospedaba en Londres. Había dormido una siesta porque quería tener la máxima lucidez posible para el encuentro que sostendría esa noche. En el espejo vio un rostro cansado. Las cejas pobladas, la barba cerrada, el pelo oscuro y la piel aceitunada lo hacían ver más joven de lo que era. Tenía 37 años. Reconoció los ojos negros chispeantes que seducían a tantas personas. Estaba preocupado. Él, que no temía arriesgarse, que confiaba en el magnetismo de su intuición, estaba preocupado. Mientras pasaba la navaja de rasurar por la piel cubierta de jabón y su rostro se impregnaba de olor a lavanda, razonaba que era demasiado atrevido lo que iba a hacer. ¿Quién se pensaba que era? ¿Un profeta? ¿Un vidente soberbio? ¿No saben que él sabía exactamente cómo podía ser percibido? ¿No hubiera sido más fácil sobrellevar esos tiempos ya de por sí difíciles sin el temor de exponerse al ridículo?

Sin embargo, no tenía duda de sus experiencias. No las podía negar. Veía a una persona y en seguida penetraba en su alma, en sus secretos, en su manera de asumir la vida. A veces se asustaba con lo que percibía, como aquella ocasión en que al saludar a una amiga de su madre, al tomar su mano, vio la imagen de un aborto en el pasado que fue, efectivamente, confirmado. Pensó que esa sensibilidad podría ser mejor canalizada en la novela. La primera de ellas fue publicada en 1925 cuando tenía apenas veintidós años. Se dedicó al periodismo y a la creación literaria. Frecuentaba los más altos círculos de Berlín, en los cuales era admirado por su refinamiento y cultura. Trató de ocultar sus conocimientos astrológicos, pero las mujeres que entablaron relaciones con él poco a poco corrieron la voz sobre las visiones de ese atractivo joven de origen húngaro nacido en Berlín. Lo conocían como Louis von Wohl. De esa manera, no reparaban en su ascendencia judía. Bellas señoras, aristócratas y hombres de negocios se acercaban para pedirle una lectura. Bajo las formas elegantes y llenas de seguridad se ocultaban preguntas desesperadas: ¿Dime cómo soy? ¿Qué me va a pasar? ¿Se enterará de que lo engaño? ¿Se enterará de que lo engaño contigo?

Pasó por alemán hasta el año de 1938, cuando le pidieron que realizara trabajos astrológicos para los nazis. Les dio largas. Sin pensarlo, dejó todo: sus pertenencias, sus amistades, sus amores y partió a Inglaterra.

Louis de Wohl ve un hililllo de sangre sobre la espuma. ¿Será un presagio? Se limpia el rostro. La herida es muy ligera. Moja la toalla con un poco de loción y la presiona por unos momentos contra el pómulo izquierdo. Sólo queda un punto que desaparecerá en poco tiempo. Peina sus cabellos hacia atrás con parsimonia. Se pone la camisa blanca. Ajusta las mancuernillas. Se arregla la corbata. Viste un traje de color negro, su mejor traje, recién planchado. Baja las escaleras y se dirige a su cita, en una elegante mansión situada en Charles Street.

La honorable Margaret Greville abre la puerta. Tiene setenta años pero en su rostro quedan las huellas de una gran belleza. Posee una inmensa fortuna. Es una mujer acostumbrada a llamar a todos por su primer nombre, desde barones para arriba, incluyendo a la familia real. Ha conocido en persona a cuatro papas, cuatro emperadores y siete reyes. Apenas si hubo un ministro en el Gabinete, entre 1900 y 1940, que no se hubiera sentido atraído por su gracia e inteligencia. Se le considera una eminencia gris.

Margaret mira con complicidad fraterna a De Wohl, le indica su lugar en la mesa y hace las presentaciones: lord Londonderry y su mujer; la duquesa de Westminster, lady Austen Chamberlain; el secretario del Departamento de Asuntos Exteriores, lord Halifax y su señora.

Durante la cena, la conversación es ligera y alegre. Cuando llega la hora de servir el oporto, el tema de la charla es la caza y el tiro. Las señoras, de pie junto a la chimenea, platican con animación. Después de quince minutos, se vuelven a reunir en un semicírculo de sillas de caoba con forros de terciopelo rojo, en torno a una de honor, un poco más alta, con forros de terciopelo amarillo en donde se sienta lord Halifax. Enciende un puro. Observa a De Wohl, quien queda situado exactamente frente a él:

—Por favor mantenga esta conversación en privado. Hay muchas personas dentro del gobierno de Su Majestad que se inquietarían ante este encuentro. Lo hemos investigado —mira con fijeza a De Wohl como si pudiera leer sus pensamientos, mientras aspira el fuerte olor del tabaco—. Debe saber que Su Excelencia Tilea, ministro de Rumania en el Palacio de San Jaime, me habló de los trabajos astrológicos que usted ha realizado para él. Tengo entendido que el embajador Tilea también ha estado en contacto con un astrólogo apreciado en las altas esferas de Alemania, que realiza predicciones muy certeras.

—Señor, de eso quiero hablar con usted. El embajador Tilea conoce al astrólogo de Hitler. A través de él me he enterado de que Hitler está tomando sus decisiones militares con base en la astrología.

—Sea más explícito.

—Parece absurdo, lo sé. Pero, por favor, revisen las fechas de la gran purga de junio de 1934, la ocupación de Renania en 1936, la invasión de Austria en marzo de 1938, de la totalidad de Checoeslovaquia en marzo de 1939... Ocurren precisamente cuando los astros le son propicios. Examinen las estadísticas y apreciarán su preferencia por atacar los días sábado. Siempre espera la Luna Nueva. El año pasado advertí que en mayo lanzaría un gran ataque contra Occidente, justamente cuando Júpiter se hallara en conjunción con su Sol. Está aprovechando el tiempo a su favor. Tiene la iniciativa en la guerra. Hitler cree en la astrología. Vean el telegrama personal de buenos deseos que envió al congreso de astrólogos de Düseldorff en 1937. Tenemos que enfrentarnos a él en su mismo terreno y con su misma lógica para adivinar sus movimientos y contrarrestarlos.

Las miradas están concentradas en De Wohl. Pasan ahora al otro extremo. Lord Halifax observa los juegos de luces de los prismas del enorme candil que cuelga en el centro del techo. Clava la vista en De Wohl:

—Tengo entendido que usted es novelista y que algunas de sus obras se han adaptado al cine y al teatro... Voy a ser franco. Dígame, ¿no está usted inventando?

De Wohl sostiene la mirada: —Cierto. Soy novelista. Pero recuerde lo que dijo Shakespeare en *El rey Lear*: "Las estrellas gobiernan nuestra condición".

—Si es así, ¿no estamos ya derrotados?

—Depende del ángulo que tomemos. Nuestras faltas no están en las estrellas, sino en nosotros mismos, seres sin voluntad —responde De Wohl con una expresión maliciosa en los ojos.

Lord Halifax sonríe al reconocer de nuevo las palabras del gran poeta inglés y aspira una profunda bocanada de su cigarro.

Heny está en la regadera. El agua caliente golpea con furia su cuerpo. El jabón se escurre por el cabello castaño ensortijado, se desliza por los senos duros y erguidos, fluye entre las piernas. Se talla los hombros con leves movimientos circulares, el vapor externo se confunde con el vapor de sus pensamientos, las cartas mentales que ensaya escribirle a Mijael. Ve cómo las palabras se deslizan en un cuaderno. Tan pronto son letras, tan pronto son ideas, tan pronto son imágenes…

El edificio, Dora… Nos fuimos del edificio ya a oscuras. En ese momento lo entendiste, Mijael. Sabías muy bien de qué te hablaba Dora. Me preguntaste sobre ella. ¿De dónde había salido? ¿Cómo pudo saber que la familia de tu madre desapareció de una manera tan trágica? ¿Cómo era posible ver tantos detalles en una simple hoja? Tuviste miedo y, a la vez, la esperanza de entender.

Me molestó que nos dijera de manera tan contundente que nos íbamos a separar. Luego matizó. Me dijo que dependería de mí. Que a lo mejor podría resistir el golpe del tiempo. Eso es lo que más me duele. Si yo ya sabía, ¿por qué no puedo cambiar el destino? Sabes que no debes entrar por ese túnel y, sin embargo, vas derechito ahí. No puedes resistirte a ese llamado oscuro. ¿Es flaqueza? ¿Debilidad de carácter? ¿Para qué sirve leer el destino si no puedes cambiarlo?

No creo que sepas el infierno que es esto. Me encuentro aquí, al lado de otro, pero es a ti a quien amo. No es justo ni para él ni para ti. Por momentos te olvido. Me reconforto, me pierdo, me entrego a otro cuerpo con desesperación, con la intensidad y aventura que acompañan lo inexplorado. ¿Cómo puedo decirte que te amo y que en realidad quien me importa eres tú? Odio esta volubilidad, pero es tan fácil crear otro mundo y sumergirte en otra mirada entrañable. Es como cuando sales de viaje. Desde el avión ves la ciudad que has aprendido a querer, la dejas con todos sus dramas. Sus casas y edificios se vuelven muy pequeños. Te alejas. Llegas a otro país. Atrás se queda la burbuja en que vivías. En el nuevo sitio vives otra vida, con otro ritmo, con otra atmósfera, te enredas en otra historia. Cuando estás de nuevo en el avión sabes que tienes la elección, pero a la vez no la tienes, de la realidad que puedes vivir. El problema es que estoy todo el tiempo en el avión. No puedo elegir. Estoy en dos lugares al mismo tiempo y no estoy en ningún sitio. ¿Cómo decirte que, sin embargo, predominas tú? ¿Cómo? ¿Por qué esta traición a mis sentimientos más íntimos? Por favor, ayúdame. Ayúdame. No puedo hablarte. ¿Qué puedo decir? Por favor, aprende a oír en mis pensamientos. Hace dos semanas que no te veo. Sé que no puedo acercarme. ¿Para qué? ¿Para decirte que estoy dividida? Te haría sufrir más, carajo.

Supe que visitaste a Dora, que le pediste bibliografía, así me dijo, para conocer más sobre la lógica de la astrología. Ay, mi Mijael.

Tengo algo que contarte. Muy importante. Ayer fui a visitar a tu mamá. Me trata igual que siempre. ¿Te acuerdas del viaje a Acapulco en que estuvimos con ella? Cuando te fuiste en la tarde a la laguna, nosotras nos quedamos caminando por la playa. Luego nos sentamos bajo una palapa a ver la puesta de sol. Platicamos con la intimidad que siempre hemos tenido. Es mi amiga de más edad y a la vez más joven. Tú tardaste horas en llegar porque cerraron la carretera. ¿Te acuerdas? Al oscurecer subimos al departamento. Mientras te esperábamos, tu mamá prendió la lamparita para leer en la mesa de la terraza y, con esa luz, nos quedamos viendo el horizonte del mar que se confundía con la noche. Las olas reventaban en espumas fosforescentes. La Luna estaba apenas creciendo. Me dijo que me contaría algo que jamás había contado. Que ella jamás podría contártelo. Que en todo caso yo te lo podría platicar algún día. Todavía no lo digiero. En esa quietud jamás podría pensarse que aún flotan esas memorias casi desvanecidas por las aguas del mar que lo limpia todo y nos hace sentir que no ha pasado nada. ¿Cómo traducirte lo que escuché? Lo intentaré. Sé que es muy importante para ti. Déjame tener fuerzas. Te prometo que te lo escribiré por carta.

El agua de la regadera se cierra. Heny se imagina a sí misma escribiendo que el agua de la regadera se cierra, mientras su mano hace girar el metal caliente de la llave. El vapor es sofocante. Heny seca su cuerpo con una toalla áspera. Sus pies avanzan entre losetas resbalosas. Sensaciones tangibles entre tanta neblina.

Querido Mijael:

No sabes cuántas veces te he escrito estas cartas en mi mente. Temo fijar de una sola manera algo tan importante para ti. Hay tantas formas de recordar lo que vivimos y, sin embargo, por escrito, sólo quedarán estas líneas ante tus ojos. Qué remedio. Sé que te será muy doloroso, para mí también lo es, y más en nuestras circunstancias, pero, después de todo, se trata de lo que siempre has deseado conocer, de lo que siempre hemos deseado saber. Hace tres semanas estuve con tu mamá. Me trata como si nada hubiera pasado. ¿Te acuerdas del viaje que hicimos a Acapulco en Semana Santa? De seguro recuerdas el día que regresaste hasta las tres de la mañana por los problemas que ocurrieron en la carretera. Nosotras estuvimos en la playa viendo la puesta del sol. Al oscurecer subimos al departamento. Nos quedamos en la terraza frente al mar. Las olas reventaban en espumas fosforescentes. La Luna apenas se asomaba. En esa atmósfera tan íntima, de repente me dijo que me contaría algo que jamás había contado. Que ella jamás podría contártelo. Que en todo caso quizá yo te lo podría platicar algún día. En el aire tibio de esa noche quién hubiera pensado que alguna vez existió lo que me contaron. ¿Cómo traducirte lo que escuché? Intentaré describírtelo lo más detalladamente posible.

Veo los ojos de tu mamá. Habla con los ojos perdidos en el mar. Se ve que no quiere recordar. Quizá la sal del mar ayuda a exponer las heridas y al mismo tiempo lavarlas. Su voz sale como si no viniera de ella. Me describe la Varsovia de 1939. Tiene apenas cinco años. Una posición económica muy holgada. Un día todo cambió. Primero se empezó a hablar en susurros, más que de costumbre. Preocupación en el rostro de su padre. La memoria es borrosa y a la vez clara. Entre tantas imágenes decoloradas por el tiempo hay algunas que brotan, intermitentemente, con gran claridad como si estuvieran frente a ella. Yo también las puedo ver. Sabes bien que ése es uno de mis rasgos. Las palabras en seguida se me vuelven formas que toman cuerpo. Casi las puedo tocar. Tu mamá habla y yo veo las maletas que se acumulan a las puertas de un bello edificio de tres pisos situado en una de las colonias más elegantes de Varsovia. Tu mamá ve a su mamá. Es una imagen que se le queda fija en la memoria: está vestida con un traje sastre de color azul marino. Lleva un collar de perlas sobre el cuello blanquísimo. Está impecablemente maquillada. Todo parece como siempre, pero hay un temor terrible que hace temblar los labios de esta mujer tan segura de sí. Tu mamá ve frente a su mamá a una niña que no sabe bien lo que pasa. Nadie lo sabe. Algo se derrumba, algo está fuera de control, como si hubiera ocurrido un desastre natural.

Los sirvientes colocan los equipajes en dos carros. Mara, la joven institutriz, con una especie de uniforme negro con olanes blancos, se asoma por las rejas del portón. Tu mamá y sus padres se suben a una droshky*: el caballo mueve el carruaje con esfuerzo en el primer impulso. Después, el rítmico golpetear de los cascos sobre el asfalto. ¿Cómo sabes cuándo se está cerrando un capítulo? ¿Cómo sabes que te estás despidiendo de un paisaje para siempre?*

El tipo de casas se va transformando. Llegan a las calles donde se levanta un muro que delimita al gueto de Varsovia. Se ven más estrellas amarillas cosidas en la ropa. Están en la casa de la abuela paterna. La niña Noemí, tu mamá, observa el balcón de fierro recortado de aquel edificio que visitaba de vez en cuando, en ocasión de las fiestas familiares. La diferencia es que ahora ya no podrán salir de ese barrio de Varsovia la vieja. Ella aún no lo sabe.

Me es muy fácil imaginar a tu madre de pequeña. La misma frente redonda. La cara ovalada. Ojos color café claro, párpados prominentes y bien marcados. El cabello rubio. Yo no sabía que te llamabas Mijael por tu abuelo. En cierta forma saliste a él, me dice tu mamá. Incluso en los gestos, la forma en que levantas la ceja cuando quieres entender algo. Eso le sorprende a Noemí. Nunca conociste a tu abuelo y has aprendido sus hábitos más íntimos. Retazos de reencarnaciones de aquí y allá. La nariz de un tío, la piel de la bisabuela, los dientes del padre, las manos de la madre. ¿Pero cómo explicar la herencia de una mirada o de un rubor?

Trato de ver al otro Mijael. Es como tú, pero lo siento diferente. Es menos alto, con poco cabello y más ancho de espaldas. Tiene cuarenta años. Una mente fuera de lo común para los números. Habla cinco idiomas. No con muy buen acento, me dice Noemí divertida. Tenía un truco cuando viajaba por Europa: en Inglaterra, hablaba en francés; en Francia, inglés. Así no se notaba su acento. Es un hombre fuerte y estable, de los que dan seguridad. Se encarga desde siempre de toda la familia. Hay gente que nace así. Siem-

pre saben lo que hay que hacer. Solamente hubo dos ocasiones en su vida que no supo.

La otra gran figura paterna de Noemí es, curiosamente, la de uno de sus abuelos que nunca conoció. Lo que recuerda sobre él es a través de lo que le han contado otros familiares. Salomón, tu bisabuelo materno, fue un hombre de altibajos. De repente sus negocios eran espléndidos, de pronto se caían estrepitosamente. Era todo un personaje en Varsovia, muy conocido y generoso. Se pasaba de bueno, me dice tu mamá. Regalaba hasta lo que tenía puesto. En una noche de invierno, en plena nevada, se quitó el abrigo de pieles y se lo regaló a un indigente. Días después murió de pulmonía, en una forma que parece absurda. Después de todo, dejó a su familia en el abandono. ¿Tenía que morir o se adelantó? Si ya le tocaba morir, pasa: es una muerte romántica y heroica. Si no, ¿es absurda? ¿Cómo saberlo?

¿A quién de los dos te pareces, Mijael, a tu abuelo o a tu bisabuelo?

Tu mamá me cuenta la historia de esos días a grandes trazos, telegráficamente, como si no tuviera nada que ver con ella y a la vez como si la estuviera expulsando de sí. Tu abuelo Mijael, el padre de Noemí, se casa con Esther. Ella era mucho más joven. Él se hace cargo de la familia. Educa a los hijos de su suegro fallecido. Se encarga también del negocio de pieles que quedó a la deriva, lo expande e internacionaliza. Viaja frecuentemente a Londres donde tiene un socio polaco. Cada que puede aprovecha la oportunidad para visitar a sus tres hermanos que se habían establecido en París. Conoce a la perfección los lugares más distingui-

dos de Europa, pero también los bajos mundos con los que sabe lidiar gracias a su entendimiento del alma humana. Tu mamá recuerda los ojos de su padre y con eso le basta para saber que conocía el alma humana. Se ha enterado de la vida de sus padres principalmente a través de relatos de terceros. Hay pocos recuerdos propios, uno de ellos es el recuerdo de esa mirada.

Es imposible, por lo que me cuenta, que su padre ignorara lo que ocurría en esos días. ¿Cómo un hombre tan inteligente no pudo salir a tiempo de la ratonera? Quizás eso se preguntaba el otro Mijael cuando su familia se instala en ese pequeño cuarto de Varsovia la vieja. Le pido a tu mamá que intente darme detalles. Hace un esfuerzo por ver de nuevo, por asomarse allá: "Es como si te fueras a vivir a las calles de Corregidora, en el centro de la Ciudad de México", trata de explicarme. El edificio no era feo. Se encontraba dentro de una especie de vecindad con un patio central. Todavía puedo oír las palabras de Noemí como si estuviera frente a ella: "Estábamos en la mejor zona del gueto. Los tres en un solo cuarto, pero nos habían dejado el mejor. Había un piano… un piano de cola. No sé por qué. Nadie en la familia tocaba el piano. Me acuerdo del balcón, del patio… Luego, recuerdo lo peor".

Capítulo III

Sobre el escenario se hacen ejercicios de calentamiento del cuerpo. Heny tiene un suéter con mangas que cubren sus puños, parece una lánguida figura de Modigliani en movimiento.

Desde la segunda fila de las butacas en penumbra, se escucha la voz del maestro de teatro que les pide a todos que se acerquen a su alrededor. Se escuchan pisadas apresuradas sobre la duela de madera. Los halos de luz iluminan dos grandes círculos vacíos en el proscenio. Un rumor de sombras se acerca al maestro en espera de sus instrucciones.

—Todo es una tubería de acción y reacción. Si, por ejemplo, quieren entender mi destino y porque hago lo que hago tienen que comprender que cuando nací, cuando lloré por primera vez, me caí de las manos de la partera. Mi cerebro se quedó al descubierto y mi madre tuvo que alimentarme durante varias semanas con sangre de toro y leche de cabra. Eso explica lo que soy. Recuerden que las palabras también son parte de la tubería —los estudiantes difícilmente contienen el aliento ante la audacia de lo que acaban de escuchar. Los ojos taurinos del maestro sonríen con una ceja levantada.

—Tubería, es una tubería de acción y reacción. Nunca lo olviden. El teatro es acción y reacción. *Drama* en griego significa *acción*. A un efecto le precede una causa que va corriendo por la tubería. Tarde o temprano llega el chorro de agua que se puso a circular. Quiero que tengan eso en la mente cuando memoricen sus diálogos. No es nada más lo que ustedes dicen y hacen sino cómo eso les regresa incluso de manera inesperada, qué temblor del mundo se puso en movimiento inevitable. Acción, reacción, acción, reacción. Drama.

—Karma —se oye la voz de un estudiante. Todos ríen.

—Bueno —dice el maestro—, lo dirás de broma, pero mi amiga Dora, una académica y crítica de teatro que estudió astrología en la India, dice que una obra de teatro es *karmaturgia* —se oyen carcajadas.

—Tú eres mi karma. ¡Qué espanto! —se oye la voz del mismo estudiante, aludiendo a su novia, a la que trata de abrazar posesivamente. El maestro no los puede ver en medio de la oscuridad, pero advierte el tono de voz.

—Si le sigues hablando así, ella te va a cortar. Estás en franco melodrama; para lograr un tono más digno, de alta comedia o de tragedia, debes dejar de pensarte de manera tan narcisista —el silencio se queda flotando en el aire por varios segundos.

El maestro reanuda:

—*Karma* quiere decir simplemente *acción*. Karma es drama. Las leyes de la acción dramática se conocen por la tubería de las causas y los efectos, se puede leer en los tonos de voz, en nuestros gestos, en la forma de mover las manos, en las palabras, en los silencios. Si, por ejemplo, tienen una relación amorosa en tono contenido, eso llevará a un desenlace como el de una obra de teatro de Chéjov, es decir triste, melancólico, madreado, sin trascendencia. Y eso está escrito en una especie de *casting* metafísico en donde seguimos un libreto en el cual ya nos hemos asignado el personaje que somos en nuestras vidas. Los romanos le llamaban *fatum*, el destino invencible y fatal.

—¿Se puede cambiar el destino —es la voz de Heny la que interviene—, el *casting* metafísico? —se escucha un rumor de risas.

—En algunas de las mejores obras del teatro griego —responde el maestro—, vemos la lucha de personajes que buscan transformar su destino con voluntad y esfuerzo que terminan siendo estériles. Cada vez que se trata de engañar al destino, reaparece en forma inesperada.

—¿Y entonces para qué serviría leer el destino en una carta astrológica o en un drama teatral? —pregunta Heny, con voz apagada. El maestro sonríe. Al acostumbrarse a la oscuridad, empieza a ver los rostros de sus alumnos.

—Bueno, esa es la tragedia del adivinador. Imaginen que tienen la oportunidad de conocer a un sabio de los tiempos bíblicos que por algún azar cósmico ha llegado a la colonia Condesa. Después de platicar un rato en una banca del parque México, se les queda mirando fijamente y les hace una profecía: "El próximo sábado ten mucho cuidado a las tres de la tarde. Veo en tu camino a una terrible serpiente".

"¿Qué hacer? Uno no cree en esas cosas y sin embargo ya se infiltró la espantosa duda. ¿Por qué el sabio dijo lo que dijo? Uno empieza a sospechar cierta crueldad. Si de todos modos va a pasar, entonces hay un componente sádico. Si no se puede evitar, ¿para qué advertirnos? Esto es muy parecido a los que nos pasa cuando estamos ante una gran obra de teatro, una buena novela o una película que nos mueve. A veces estamos ante el espejo de un drama que nosotros mismos estamos viviendo. De seguir la misma lógica de acción, ya sabemos el desenlace. Hay entonces dos posibilidades: asumimos fatalmente que estamos entrando a la oscuridad del túnel con plena conciencia de que somos testigos de la tragedia en la que nos internamos, o tratamos de desviarnos, aunque sea por un milímetro, de la crónica del desastre anunciado. ¿Y qué pasa si al tratar de evitar el desastre sólo lo precipitamos? —los ojos de los estudiantes brillan intermitentes. Sus pensamientos en torno a las palabras del maestro parecen formar una sola masa de conciencia, como si estuvieran unidos por un pegamento invisible. El maestro continúa:

—Hay una historia que para mí es una obsesión: un sirviente llega atemorizado a casa de su jefe. "Señor", dice, "he visto a la Muerte en el mercado y me ha hecho una señal de amenaza". El patrón le da un caballo y dinero, le dice: "Huye a Samarra". El sirviente huye. Esa tarde, temprano, el señor se encuentra a la Muerte en el mercado. "Esta mañana le hiciste a mi sirviente una señal de amenaza", la confronta. "No era de amenaza", responde la Muerte, "sino de sorpresa. Porque lo veía ahí, tan lejos de Samarra, y esta misma tarde tengo que recogerlo allá".

”Pero bueno, supongamos que la gracia de la profecía consiste en que nos permite escapar de ella, librar el destino. La tragedia que sigue es para el sabio: gracias a su información la profecía no se cumple. Entonces entra la duda: ¿fue profecía? Para qué nos asustaron si a final de cuentas no iba a pasar nada. Se confirma la intuición que tuvimos desde el principio —el maestro imita la voz del atribulado personaje que recibió la advertencia no cumplida—: "Era claro que se trataba de un falso profeta. Yo nada más me quedé en casa por si las dudas; lo que hacen el miedo y la superstición".

”Sin embargo, por ahí se queda flotando en el mar de nuestras certezas renovadas una interrogante del tamaño de una arenilla: "¿Y si no hubiera actuado como actué (digamos que por las dudas me encerré en un cuarto blindado), se hubiera dado una tragedia?" —suena una carcajada colectiva. El maestro concluye—: García Márquez, quien fue un gran estudioso del teatro trágico griego y de las ironías del destino, decía que si el mismísimo Nostradamus viniera hoy y nos anunciara que el 27 de marzo nos comerá un tigre a la salida de la iglesia, el 27 de marzo nos quedaríamos en la cama, leyendo tranquilamente un libro, y el tigre se jode, se queda sin comer —en el aire se dibuja un sí colectivo: "Que se joda el tigre".

”La profecía de Nostradamus no se cumple. El problema ahora es de Nostradamus, porque ahora ya nos resulta claro que eso del tigre fue una invención. ¿O no? ¿La intervención del adivinador cambió el rumbo de una historia? Sólo el sabio, si verdaderamente es sabio, conoce la paradoja que vive: si no se cumple el destino terrible, la derrota de su profecía es la victoria de su conocimiento. Si sabe leer el futuro, sabe que el verdadero profeta siempre estará rodeado de una nube de incertidumbre. Eso pone en duda si se puede cambiar el destino —los ojos taurinos del maestro embisten: —¿Qué es lo que piensan?

Una estudiante levanta la mano y alza la voz.

—Yo quiero compartir algo que me pasó —las sombras de sus compañeros giran como murciélagos que palpan a la distancia el lugar de donde han salido las palabras. Su voz tiembla levemente—. Hace unos meses, salí de vacaciones con mi familia. Mi papá iba manejando. Después de dos horas de viaje, cerré los ojos para dormir. Yo estaba sentada en el asiento de atrás. En el duermevela comenzaron a aparecer unas imágenes: veía la carretera, coches que pasaban por el otro carril en dirección opuesta a la de nosotros: un automóvil rojo, un coche azul, un Volkswagen blanco, un auto de color verde botella, un camión que se asoma en el fondo e intenta rebasar. El camión se acerca a gran velocidad. No hay tiempo para reaccionar. El camión embiste a nuestro coche y nos desbarrancamos.

"Me acuerdo que quería gritar. Afortunadamente, recordé que era tan solo un sueño. Mi corazón estaba agitado, pero respiré con alivio. Abrí los ojos lentamente y me asomé por la ventana del lado izquierdo. Vi varios coches que pasaban en dirección contraria: de pronto apareció un automóvil rojo (bueno); un coche azul (qué está pasando), un Volkswagen blanco (no puede ser posible), un auto de color verde (pero qué está pasando... es exactamente la misma secuencia), un camión (¿le aviso a mi papá?, ¿me creerá?). El grito se detuvo en mi garganta (Dios mío, Dios mío). El camión se nos echa encima, roza la lámina del coche. El impacto deja a nuestro auto girando en la cuneta, pero no se desbarranca, se queda al borde…

—¡Esa es la esencia misma del drama! —exclama emocionado el maestro. Sus ojos se encienden por dentro (¿alguien lo podrá notar?)—. Y sucede dentro y fuera del teatro. Aquí hay una clave, una clave del tamaño de un grano de sal que desvía la trayectoria de lo que iba a pasar. Pero no se confundan, esto también forma parte de la tubería del arte de la acción y la reacción. Nosotros somos simples estudiosos del misterioso vaivén del drama humano.

Flotan en el aire unas palabras sordas que nadie oye excepto Heny: *"Los emisarios que tocan a tus puertas, tú mismo los llamaste y no lo sabes"*. Pasan vagamente por su interior como si se asomara a una zona del lenguaje en donde se mueven todos los pensamientos posibles.

Al terminar el ensayo teatral, Heny se acerca discretamente al maestro y le pide el teléfono de Dora, su amiga experta en *karmaturgia*.

Mijael visita a Dora. Le pide libros sobre astrología, le pide explicaciones, teorías, hipótesis de cómo cree que esas cosas funcionan. Dora observa los ojos negros e inquietos detrás de los lentes de Mijael, las cejas pobladas que se arquean tratando de entender. Le conmueve. Le toca una vieja cuerda, una memoria que creía ya había desaparecido con tantos años de silencio y meditación.

—¿Cómo fue que aprendió esto? —le pregunta Mijael, quien calienta sus manos al tacto de la taza llena de té.

—Aprendiste. Háblame de tú —le ofrece Dora.

—¿Cómo aprendiste? —ensaya Mijael con timidez— ¿De qué es el té?

—Es un té que aprendí a tomar en la India. ¿Te gusta? —Mijael asiente, degusta el sabor ligeramente picante—. Las hierbitas las puedes encontrar en el mercado de San Ángel.

—¿Cómo fue que viaj...aste a la India?

Dora apoya el codo en el antebrazo del sillón. La mano sostiene la barbilla:

—Mi exmarido y yo apenas habíamos salido de la universidad. De eso ya hace más de veinte años. ¿Sabes? Obtuvimos una beca para realizar estudios de historia sobre las culturas orientales. Buscábamos documentos y textos raros en pequeños pueblos. Fue una etapa apasionante de mi vida. Estaba en Barnala, en una villa del Punjab, cuando me platicaron del *Libro del destino*. Me dijeron que el *jyotishi*...

—¿El qué...?

—El astrólogo del lugar poseía un libro que había sido escrito por un gran sabio, el *rishi* Bhrigu, hacía más de mil años. Un libro que se había copiado y recopiado generación tras generación. Mi amigo hindú, el que fue nuestro intérprete y nos acompañó por todos lados, me insistió en que debía conocer ese libro ya que ahí estaba escrito el destino de todo ser humano que jamás haya vivido... La maravillosa India... Por supuesto, pensé que se trataba de otro mito más, pero eso era lo que yo había ido a estudiar: la historia y los mitos de otras civilizaciones. Imagínate nada más un libro donde todo lo que nos pasa ya está escrito. —Dora sonríe mientras sus manos juegan con las cuentas de coral rojo de su pulsera.

Si existe un libro así, en algún lado están registradas varias versiones de lo que ocurrió ese día de calor sofocante. En una, se pueden ver los recuerdos que deshilvana Dora ante Mijael. Un recuento más. Un eco de esa historia. En otra versión ¿la real? se lee cómo Dora se interna por las callejuelas de Barnala. Camina con Nandkishor, su acompañante hindú, por una vía estrecha y antiquísima. A los lados se amontonan casas con azoteas llenas de vida. Se detienen ante un edificio de piedra ruinoso. Entran por un pasaje oscuro de techo bajo. Suben varios escalones apenas del ancho del cuerpo de un ser humano. Atraviesan un cuarto angosto y desembocan en el corredor, lleno de macetas, de un amplio patio interno. Las paredes blancas descarapeladas están tatuadas con manchas cenizas y naranjas oxidados que semejan las formas de continentes e islas. Se escuchan los ladridos de un perro. Parece que no hay nadie. Se asoman a un cuarto oscuro. Nandkishor ladea la cabeza suavemente.

—*¡Pandiji!... ¡Pandijiii!* —los viejos muros devuelven la voz en forma cavernosa. Esperan dos o tres minutos. El silencio sólo es interrumpido por los ladridos del perro. De pronto se oyen unos pasos que se arrastran hacia el cuarto.

—*¡Namasté!* —saluda Nandkishor con las manos empalmadas verticalmente a la altura del rostro. Dora lo imita de manera inconsciente. En el umbral aparece la figura de un hombre viejo, sumamente delgado. En una mano lleva una vela y en la otra, varias llaves que tintinean. Los conduce por la habitación. Dora escucha expresiones altisonantes en hindi. No las entiende, pero empieza a acostumbrarse al tono y al lenguaje corporal. Cuando el rostro se mueve diciendo *no,* quiere decir *sí.* Cuando se escuchan gritos en una conversación, se canta un gustoso acuerdo. El *jyotishi* abre una puerta. Corre las cortinas pesadas y abre las persianas de los altos ventanales del balcón.

Dora encuentra la mirada del viejo maestro: ojos fieros y centelleantes. Una imagen que sabe ya existía en algún lugar de su cerebro. Tiene una sensación de dulce mareo. Ola tras ola hacia un abismo. Se da cuenta de que las callejuelas recientemente recorridas constituyen un mapa que lleva tatuado en el interior. Eso le ocurrió también en Palenque. Los más íntimos trazos y avenidas se exteriorizan. El ojo ve afuera los presentimientos que toman la forma de laberintos y geometrías irregulares. Se yuxtapone, por un breve instante, una entrevisión: estrellas en el telón negro del espacio, consteladas por el trazo luminoso de la figura de un cangrejo. Dora sacude la cabeza, descarta la sensación como producto de la fatiga.

El *pandit* Baghavat Shastri se sienta ante una mesa grande de madera totalmente cubierta por papeles.

—Quisiera aclarar que vengo como investigadora, no como creyente —pide Dora a Nandkishor que traduzca.

El *jyotishi* la mira fijamente. Al fondo hay una especie de altar con la figura de Ganesha, el dios de vientre redondo, con cabeza de elefante. Unas flores están depositadas a los pies de la imagen. Una ráfaga de aire trae olor a incienso de sándalo. Baghavat Shastri se ve muy frágil, casi en los huesos. Su piel oscura contrasta con el vestido de color blanco.

Durante algún tiempo se ocupa en cálculos acerca de la hora en que nace la actual consulta del *Libro del destino*. Se inclina hacia el suelo. Detrás de su silla busca algo entre un montón desordenado de papeles amarillentos. Saca un paquetito con unas fichas descoloridas por el tiempo. Con manos temblorosas dibuja un diagrama. Lo estudia detenidamente. Se levanta y se dirige hacia un rincón del cuarto donde se apilan, en numerosos estantes metálicos, bolsas de tela perfectamente dobladas y clasificadas. Después de varios minutos de examinarlas, toma de una de ellas un libro con tapas de madera que guarda dos centenas de hojas quebradizas hechas de palma. Se sienta nuevamente frente a Dora. Sólo se oye el roce hiriente del papel a pesar de que pasa las páginas con cuidado. Se detiene en una hoja. Los diagramas rectangulares están acompañados de lo que parece una descripción en letras sánscritas. La compara contra el diagrama que dibujó.

Luego empieza a hablar en un tono dulce que no alcanza a definirse entre el del canto y el de una conversación común:

Yat-pada-pallava-yugam vinidhaya kumbha-
dvande pranama-samaye sa ganadhirajah
vighnan vihantum alam asya jagat-tryasya
govindam adi-purusam tam aham bhajami

Nandkishor le traduce. Es un saludo a Ganesha para obtener el poder de destruir los obstáculos en el sendero a la evolución de los tres mundos. Dora oye nuevamente palabras extrañas, pero ahora el tono ha cambiado al de una charla. Los párrafos verbales son largos. Está a la expectativa de la traducción.

—El libro dice que su nombre sánscrito es Kalavati. En su vida pasada fue una persona conocedora de las letras rojas, muy inteligente. Se especializaba en tratamientos de heridas y huesos rotos. Está escrito que en este nacimiento tendrá rostro de loto; la piel será blanca, con aura de hojas tiernas de mango. En la palma de la mano tendrá marcas de sabiduría. El libro dice que en esta vida usted nació en Messhiko.

Dora mira con reproche a Nandkishor.

—Usted ya sabe que soy de México.

—Está escrito aquí en sánscrito —se defiende el traductor. El *jyotishi* mira ausente, traspasándolos como si fueran invisibles.

—Déjeme copiar las letras y, por favor, continúe. ¿Dónde dice que dice México? —en su cuaderno de notas Dora trata de imitar los trazos señalados. Nandkishor continúa con la traducción:

—Usted es profesora. Tiene a *Guru*, Júpiter, en la primera casa. Va a viajar por todo el mundo. Buen habla. Tiene muy buen habla —el traductor pierde el hilo y vuelve a aclarar con el *pandit* unos datos que se le fueron de la memoria con la interrupción. En seguida reanuda:

—Tendrá grandes honores académicos. El Libro dice que usted será astróloga, que conocerá el *mantra shastra*, el poder de los nombres que lo cambian todo. Usted es muy piadosa. Tiene lengua de cielo nocturno: lo que dice se materializa muy pronto. Debe tener mucho cuidado.

Dora escucha con asombro, como si las palabras se pudieran entender mejor mientras más se abren los ojos.

—Vivirá en India dos años más. Se bañará en el Ganges. Las fechas dicen que hace unos días en el periodo de *Mangal* y *Shani*, Marte y Saturno, con el tránsito de *Rahu* en la séptima casa, su esposo la abandonó. Mucha tristeza. Mucha tristeza. No se preocupe. Usted es muy fuerte. Dentro de tres meses tendrá la experiencia de Dios. En el océano de *ananda*, de felicidad infinita, el dolor se irá como se disuelve lo impuro en las aguas del mar ilimitado.

—¿Qué pasó con el cuaderno de notas? —pregunta Mijael mientras se frota ligeramente las manos. El día es gris y frío. Llueve. En el fondo se escuchan ladridos de perros y el deslizamiento de llantas sobre el pavimento húmedo. Aquí y allá ruidos de claxon.

—Pedí permiso para llevar la hoja de palma a Nueva Delhi —contesta Dora—. Varios eruditos totalmente confiables confirmaron que, en efecto, en sánscrito estaba escrito Messhiko. Exactamente así. En los Archivos Nacionales de India, los técnicos del laboratorio certificaron que esa hoja se había recopiado hacía cien años. —Dora se queda pensativa—. ¿Más té?

—Gracias.

—¿Gracias *sí* o gracias *no*?

—Gracias *sí*.

Dora se incorpora y va a la cocina por el agua que hierve en la tetera. La sala está semioscura. Mijael se acerca al librero bajo la luz directa de los halógenos y examina los distintos volúmenes. Están clasificados por estantes. En una sección, observa libros de Martin Buber, Roberto Calasso, Mircea Eliade. Al lado, reconoce obras de Italo Calvino, Bashevis Singer, Milan Kundera, Jorge Luis Borges, Paul Auster y Julio Cortázar. Otra área es conformada por libros de la India. Entre la sección de historia de la cultura y la de libros de arte, hay un espacio donde se encuentra una bandeja con paredes transparentes. Dentro de ella, un pequeño jardín: un mar de fina arena blanca, guijarros aquí y allá: piedrecillas de diversos colores y riscos en miniatura; en un costado, palas, cubetas y rastrillos diminutos para distribuir la arena, para moldear con paciencia y orden, y también mediante golpes de azar, distintos oleajes, profundidades y playas. Dora regresa.

—¿Prendo la luz?

—Como quieras —responde Mijael mientras se acerca al sillón y se apoya en el borde. Dora enciende la lámpara de pie que abre entre las sombras un pequeño cilindro lumínico en el que flotan bastoncillos, hebras de polvo.

—¿Cómo se pueden saber los nombres que tendrán ciudades desconocidas? ¿Cómo es posible predecir el futuro de alguien que todavía no nace? —pregunta Mijael con auténtica curiosidad y fascinación.

Dora llena las tazas. Ve los destellos del foco de la lámpara en los lentes de Mijael:

—A mí hasta la fecha me sorprende. Hay más de 150 textos predictivos como el libro de Bhrigu dispersos por toda la India. Les llaman *Nadhi Granthas,* que quiere decir conocimiento astrológico diseñado para desatar los nudos del destino.

Capítulo IV

Si Surya, *el Sol, recibe el* drishti *(la mirada) de uno o más planetas maléficos, o se encuentra en medio de éstos, ello producirá terribles aflicciones al padre. Los maléficos en la sexta, octava o cuarta casa a partir de* Surya *traerán frutos no auspiciosos para el padre.*

Capítulo 9, verso 44 del libro de Parashara de la *Ciencia del tiempo*

—Yo creo que ya estaba escrito que no me iba a morir entonces —dice Noemí mientras las olas revientan acompasadamente. Estallido y silencio. Estallido y silencio. En el horizonte de la bahía se ve una hilera de focos que perfila la forma de un barco. En el aire cristalino, innumerables estrellas perforan con fulgor la inmensidad de un cielo intensamente negro. La Osa Mayor, Sirio, el cinturón de Orión, las Pléyades, Spica y Casiopea, son lunares de la noche, tatuajes del tiempo.

La mirada de Noemí se pierde en el espacio. Al filo del ojo de pronto encuentra a Heny. Noemí sonríe. Heny se ve fosforescente, como si estuviera iluminada por una luz de neón morada. El blanco de los dientes, los ojos y los tenis resplandece. El color turquesa de la camiseta y de los *shorts* es eléctrico. Los brazos y las piernas son como un tornasol que alterna entre el naranja bronceado y lo invisible.

—No me tocaba —dice Noemí. Heny escucha en silencio—. La primera redada del gueto de Varsovia fue precisamente en la calle de la casa de mi abuela. Vivíamos justamente a media cuadra del cuartel general de los nazis. Llegaron de repente los de la Gestapo. Sus uniformes daban horror. No recuerdo exactamente si eran de color negro, lo que no se me olvida son las esvásticas. Nos dijeron que nos bajáramos como estuviéramos, que no lleváramos nada. Todos nos reunimos en el patio central del conjunto de edificios.

"De ahí nos subieron a unos camiones de carga como de ganado. Dicen que mataron a dos bebés. Que los aventaron muy alto, desenfundaron las pistolas y todavía en el aire los balacearon. Yo no lo vi. Me recuerdo en el camión. Estábamos sentados en el piso. Íbamos a un campo de concentración. Una amiga de la familia nos vio y se fue corriendo a buscar a mi papá. Todo sucedió a plena luz del día. Mi papá estaba trabajando en otra parte del gueto. En seguida que se enteró, corrió a buscar salvoconductos. Sólo consiguió dos. ¿Te acuerdas de esa película con Meryl Streep, la actriz güera? ¿Cómo se llamaba…?

—*La decisión de Sophie*—responde Heny casi sin voz.

—En el camión estaban mi abuela (la mamá de mi padre), mis tías, dos de mis primas… y él nada más puede conseguir que se salven dos personas. ¿Te imaginas eso?

¿Te imaginas la decisión? Él había sido todo para mi abuela… ¿Cómo te puedes atrever a elegir? Mira. Yo lo entiendo ahora…, pero fue terrible. Él tiene que tomar la decisión y llega por nosotros, por mi madre y por mí. Ya estaban desistiéndose los oficiales. Mi papá discutía con ellos en alemán. Finalmente nos saca de ahí, antes de que nos subieran a los trenes que llevaban a la muerte. Nos decían que íbamos a campos de trabajo, pero ya corría el rumor de que eran los trenes de la muerte. Recuerdo el temblor de la mano de mi padre agarrando la mía, a grandes zancadas, camino de regreso. Quizá le costó toda su fortuna sacarnos. De lo que estoy segura es que le costó el alma.

—¿Adónde regresaron? —pregunta Heny.

—No recuerdo la secuencia, pero todo va haciéndose cada vez más chico y más chico. El gueto se va reduciendo.

"Poco tiempo después estamos escondidos en un lugar… Aquí hay un brinco de mi memoria. No sé por qué… No sé cómo llegamos ahí. Estamos escondidos en un edificio muy grande, en una especie de azotea. Es un cuarto enorme. Creo que había unas 150 personas ocultas en ese lugar. Mi papá bajaba para conseguir comida, cada día era más difícil obtener alimentos… Ya no regresa. Lo detuvieron en la calle. Un alemán le dijo cochino judío. Mi padre le escupió. Lo ejecutaron en el acto. Recuerdo que, más tarde, eso le explicarían a mi mamá.

—¿Te diste cuenta de que tu papá había muerto? ¿Tuviste un duelo por la muerte de tu padre? —pregunta Heny.

—Yo no me di cuenta. Mi papá no regresó. ¿Quién sabe qué sucedió? Todo ocurre como una serie de acontecimientos que nada más pasan. Pasan y pasan y pasan. Uno no sabe nada. Tenía cinco años. Yo adoraba a mi papá. En ese momento ni siquiera lloré. No me acuerdo bien en qué momento lo supe.

—¿Te acuerdas de la sensación de pesadumbre de tu mamá? —interroga Heny. Sus ojos se enfocan en las manos de Noemí que descansan una sobre la otra en la mesa.

—No. Nada más me acuerdo de los perros. Estamos como en una ratonera. Totalmente atrapados. Se hace redada tras redada. Una tras otra. Yo creo que eran dos veces al día. Los nazis están rondando todo el tiempo. Mandan cercos. No pueden encontrarnos. Pasan así unos diez días. Hay muy poca comida. Los perros aúllan. A través de los magnavoces se oyen gritos: "Salgan de ahí. Vamos a echarles una bomba". Nadie quiere salir. No sabían exactamente dónde encontrarnos. Había una puerta falsa, como una especie de trampa en donde se guarda un tesoro. Para abrirla se necesitaba conocer el pasadizo secreto.

"No había alimentos ni medicina ni ropa. Mi papá no regresa y no regresa. Me decían que no podía regresar. Creía eso porque realmente nadie entraba ahí. Sólo escuchábamos los magnavoces. Si no salen, los encontraremos. Los vamos a quemar. Lo decían en alemán. Eso ya lo entendía después de oírlo tantas veces. También la palabra judío, *judn*.

"En esa situación se nos ocurre a mi mamá, a una chica de dieciocho años y a mí que queremos salir a tomar un baño.

"No pasan ni cinco minutos cuando nos detiene un soldado de la milicia ucraniana… Esos eran los peores. Eran peores que los nazis. La chamaca nos hace un gesto para que nos retiremos. Le empieza a coquetear al soldado y se van a la vueltecita. Yo era una niña inocente. Seguramente ella le dijo que se iba a acostar con él con tal de que la dejara ir.

"A los dos minutos de que ella desaparece suena un disparo. Mi mamá me agarra de la mano y empezamos a correr y a correr hasta que llegamos al edificio en el cual nos ocultábamos. La construcción estaba vacía. No había tiempo para llegar al escondite. Subimos las escaleras y nos metemos al azar en uno de los pequeños departamentos. Había un tiradero horrible en el cuarto. Nos encerramos dentro de un clóset. Pasan minutos eternos. De repente se abre la puerta. Aparece un miliciano judío colaboracionista de los nazis. Tenían fama de ser terribles. Eran muy malditos. Mi mamá empieza a llorar. El miliciano nos ve. Claramente nos ve pero se hace como que no existimos. Vuelve a cerrar la puerta. Nos perdona la vida.

"Mi mamá no sabía qué hacer. Me vuelve a agarrar de la mano. Empezamos a subir nuevamente las escaleras. Llegamos a la azotea donde están todos escondidos. Mi mamá les pide, les ruega que nos dejen entrar. Los de adentro creen que se trata de una trampa, que quizá nos han seguido. Los milicianos sabían que estábamos ocultos, pero no sabían exactamente dónde. Mi mamá llora sin parar hasta que finalmente nos abren. Volvemos a entrar. De todas maneras el escondite no podrá resistir por mucho tiempo, deciden los de adentro.

"Mira lo que es la suerte... —Noemí ve directamente los ojos de Heny—. A los quince minutos se levanta el estado de sitio en el gueto. Continúa el gueto, pero por lo pronto se acaban las redadas con meses de duración. Lo empiezan a anunciar por los magnavoces. No me tocaba.

ॐ

El camino de asfalto es estrecho y sinuoso. Se abre entre montañas llenas de pinos. Un automóvil Mercedes Benz de color negro circula solitario a una velocidad moderada. En el asiento trasero un hombre de piel muy pálida, cabello lacio de color rubio y ojos oscuros, observa el paisaje tan parecido al de su patria. Junto a sus piernas descansa un voluminoso portafolios. Al sentir nuevamente el tacto de los forros de piel del auto, percibe el sudor de sus manos. Está de nuevo en Berchtesgaden. El auto toma una desviación por un camino de terracería. Ha llegado una vez más a la residencia de montaña de Adolf Hitler. Se baja del auto. A pesar del calor, tiene puesto un saco de color pajizo y una corbata de moño azul oscuro. La camisa mojada parece un molusco adherido a la espalda. Una brisa fresca golpea su rostro. Tras la baranda, a unos metros del coche, se abre el abismo de un bosque denso y exuberante. El olor de la tierra fértil se entremezcla con un silencio acentuado por los oídos tapados que le ha causado el viaje. Los músculos están un poco adoloridos. El panorama le trae un aire del paisaje de Urberg, donde estudiaba de manera sistemática las configuraciones del cielo. En ese pequeño poblado del suroeste alemán ha recopilado más de un millón de fichas, perfectamente clasificadas, en las cuales correlaciona lo que sucede arriba con lo que sucede abajo. El chofer descarga las maletas de la cajuela. Karl Ernst Krafft vigila el proceso.

—Con cuidado. Con cuidado —dice nerviosamente. Dos de los baúles están llenos de cuadernos en los que ha anotado minuciosamente con letras claras y redondas los resultados de sus estudios.

—*Herr* Krafft, *herr* Krafft, sea bienvenido —lo saluda un oficial, acompañado por una mujer rubia que lleva un vestido de lino blanco con estampas floreadas—. El señor Krafft es el hombre que predijo el atentado contra la vida del Führer —explica el oficial con orgullo mientras le extiende la mano para saludarlo.

—Quizá me pueda leer mi destino —aventura la mujer.

Krafft no alcanza a ocultar una mueca de disgusto. Siempre es igual. "Yo no soy un simple lector de destinos. Soy un hombre de ciencia", piensa mientras sonríe torpemente y lo conducen a su habitación. Es cierto que en 1920, en Ginebra, se ganaba la vida mediante la elaboración de horóscopos, pero eso era un trabajo que consideraba indigno de él. Sólo lo hacía para prestar un servicio o para sobrellevar momentos económicamente difíciles. Cuando le pedían que realizara la carta astral de alguien que no estuviera presente, imponía una condición. Tenía que ver, por lo menos, su fotografía. En una fotografía también se encierra el destino. Krafft se queda a solas en su habitación. Saca unos papeles del portafolios y los coloca sobre el escritorio. Coloca también un pequeño portarretratos con la imagen de su hermana. "Mira dónde estamos, hermanita. *Meine geliebte schwester.*"

En 1917, cuando aún vivía en Basilea, su ciudad natal, Krafft previó con detalles asombrosos la muerte de su joven hermana. El efecto en sus padres fue devastador: se entregaron al espiritismo y él se dedicó a la investigación de las ciencias ocultas y a la necromancia. Quiso comprobar que era posible transmitir pensamientos sin necesidad de palabras o de un cuerpo. "¿Verdad, hermanita?" Descuidó sus estudios y dedicó todo su tiempo a encerrarse en el registro civil, donde tomaba notas de los nacimientos para establecer correlaciones estadísticas. Investigó la proporción de nacimientos de hombres o mujeres en relación con el día, la noche y los ciclos de la Luna. Elaboró una lista de 72 sujetos, dentro de la cual había varios grupos de dos o tres personas que nacieron aproximadamente a la misma hora, en el mismo día y lugar. Invariablemente habían muerto a la misma edad de una manera similar. La coincidencia podría explicar un caso. Pero treinta coincidencias eran demasiado. Existía una ciencia de las estrellas. "Así es, hermanita. Y mira dónde estoy. Soy un conocedor de las leyes cósmicas que rigen los acontecimientos históricos."

Krafft revisa su correspondencia. Ahí están las personalidades más notables de la época. "Ves, hermanita". Abre una carta del embajador de Rumania en Londres. Lo conoce desde que se encontraron en Zurich en 1937 cuando todavía no era diplomático. Viorel Tilea desconfió de él. No creía en la astrología. Un año después, se encontraron nuevamente en Zurich y Krafft le propuso un experimento. Le pidió las fechas y lugares de nacimiento, junto con una muestra de su escritura, de dos personas a las que llamarían A y B, sin que él conociera su identidad. Una semana después le dio sus predicciones: uno de ellos no viviría más allá de noviembre de 1938; la carta astral del otro mostraba una posición de gran autoridad, sin embargo, tendría un cambio desastroso alrededor de septiembre de 1940. Con asombro, Tilea corroboró que eso había sido correcto. Los horóscopos correspondían a Corneliu Codreanu líder rumano fascista, quien acusado de alta traición fue asesinado el 30 de noviembre de 1938. El otro pertenecía al rey Carol II de Rumania, quien fue obligado a abdicar el 6 de septiembre de 1940. Un mes después, Alemania ocuparía a Rumania. Krafft no puede ocultar un leve gesto de satisfacción. Una parte de su profecía se había cumplido. Todavía no sabía que la abdicación del rey Carol también se confirmaría meses más tarde, aunque ya lo intuía. ¿Había algo más que desconocía, que ni siquiera imaginaba?

Krafft se concentra en el análisis de las letras de la carta que acaba de abrir. Hay algo que le perturba en la escritura del embajador Tilea. De acuerdo con los estudios de grafografía en los que se está especializando, en los trazos manuscritos también se encierra el destino. ¿Qué es lo que está detrás de esas letras?

Ya es de noche. Tocan a su puerta. Es hora de ver al Führer. Su corazón se agita. Va a estar ante el poder. Está situado en el vértice de la historia. Su pensamiento influye directamente en el acontecer del mundo. Una descarga de adrenalina le invade y lo lleva a un estado de euforia. Coloca los papeles en el portafolios y es conducido al edificio donde lo esperan.

La sala está en penumbra, apenas iluminada por una lámpara y por la luz de las estrellas que se filtra a través de un ventanal. Hitler está de espaldas con las manos entrecruzadas en el dorso, al lado de un escritorio donde se ubica un enorme busto de bronce de Federico II, emperador de Prusia. Entre la oscuridad se escapa el brillo de un espejo.

—¿Qué nos dicen las estrellas, *herr* Krafft?

Krafft saca sus cuadernos llenos de anotaciones proféticas. Responde a las preguntas que le hace Hitler. El tiempo propicio para comenzar una acción de guerra relámpago, el *blitzkrieg*, podría ser el 10 de mayo de 1940.

Hitler pondera la fecha. Las previsiones de Krafft han sido correctas en las ocasiones anteriores que lo ha consultado. Recuerda que, en 1936, su amigo cercano Rudolph Hess le dijo que entre tantos profetas y hechiceros que había conocido, le tenía especial deferencia a uno llamado Karl Krafft.

La ascensión definitiva de Krafft al poder llegó cuando predijo que la vida de Hitler peligraría entre los días 7 y 10 de noviembre de 1939. Señaló la posibilidad de una tentativa de asesinato mediante el empleo de un material explosivo. Su información fue filtrada. Se archivó. Las especulaciones astrológicas referentes al Führer estaban prohibidas.

El 8 de noviembre hubo un atentado contra Hitller. Después de la conmemoración del fallido golpe de Estado que intentaron los nazis en 1923, llevado a cabo en una taberna de Múnich, Hitler y otros miembros del partido regresaron en tren a Berlín antes de lo previsto. Minutos después de su partida, explotó una bomba oculta en una columna, detrás de la tribuna de oradores. Murieron siete personas y hubo 63 heridos.

Al día siguiente, cuatro funcionarios de la Gestapo interrogaron a Krafft. Dos de ellos pensaban que el astrólogo estaba relacionado con el atentado. Sin embargo, convenció a los otros de su inocencia y de que, en ciertas circunstancias, eran posibles las predicciones astrológicas. Eso fue lo que le salvó la vida. Cuando consultaron la situación ante instancias superiores, recibieron de inmediato la orden de dejar libre a Krafft. Se dice que el intento de asesinato se atribuyó a un antiguo colaborador de Hitler, quien huyó al extranjero ayudado por los ingleses. ¿Cuáles fueron las pruebas? Llamaron a un vidente vienés quien confirmó los hechos. Krafft estaba libre de culpas.

Hitler mira a Krafft con intensidad. Le habla con ademanes vigorosos:

—Pronto recibirá una encomienda de Goebbels. Se le pedirá que escriba sus comentarios sobre las profecías de Nostradamus y el futuro glorioso del Tercer Reich.

"A pocos seres, *herr* Krafft, a pocos seres, se les da la oportunidad de ejercer la voluntad con plenitud —la voz se agudiza y sube de volumen. Krafft lo observa fascinado con la mezcla de admiración y temor con que se mira a una cobra—. No se debe descuidar absolutamente nada. Por eso, como decía Federico el Grande, yo les exijo a mis generales que tengan suerte, le exijo al tiempo que se conforme a mis deseos. Nada detendrá la gloria de Alemania. ¡*Heil* Hitler! —se dice Hitler a sí mismo.

"Estamos ante el Poder, hermanita —piensa Krafft—. Somos el Poder, *meine geliebte schwester.*"

Si Chandra, *la Luna, recibe el* drishti *(la mirada) de uno o más planetas maléficos o está en medio de éstos, ello producirá terribles aflicciones a la madre. Los maléficos en la sexta, octava o cuarta casa a partir de* Chandra *traerán frutos no auspiciosos para la madre.*

Capítulo 9, verso 45 del libro de Parashara de la *Ciencia del tiempo*

Querido Mijael:

He estado pensando mucho en ti. Poco a poco te iré escribiendo la historia de tu mamá. No puedo contártelo todo de golpe. No me es fácil. Disculpa que no sepas nada de mí. Pienso mandarte juntas todas estas cartas, las anteriores y las próximas, para que tengas la visión completa. Me afecta mucho lo que le sucedió. Hace unos días empecé a soñar la misma pesadilla que ella me describió. Es un sueño que hasta la fecha, cada tres meses, se le repite. Antes era más seguido. Ella, y yo cuando sueño ese sueño, está a solas en medio de unos edificios abandonados. Se asoma a la ventana y contempla las construcciones bombardeadas. Tu mamá se queda sentada en el piso leyendo unos libros. Es una sensación de soledad indescriptible. Necesitarías soñarlo como yo lo he soñado o vivirlo para darte cuenta de lo que te digo.

Ahora que recuerdo, tú has tenido ese tipo de pesadillas. Sabes de lo que estoy hablando. Yo no sabía.

Tu mamá se quedaba sola todo el día cuando los adultos se iban a trabajar. La mamá de tu mamá, Esther, trabajaba de costurera. Los más fuertes eran obligados a trabajar en una fábrica fuera del gueto. Regresaban por la tarde acompañados de una patrulla alemana. Mientras tanto, Noemí se quedaba totalmente sola. Quizás había algunos cuantos gatos si es que todavía no se los comían, me dice tu mamá con un tono seco e indiferente. En esa desolación se inventó un juego que me conmovió especialmente. Recortó un agujero en una caja de cartón que le daba parecido a un teatro guiñol y con unos cuantos trapos hizo sus propios títeres. Eso y los libros fueron su salvación. Se la pasaba leyendo todo el día.

Algo me estremece. ¿Sabes cómo me describió el lugar? La calle que veía desde la ventana era como el callejón de nuestro departamento en los edificios Condesa. Yo siempre había sentido en esas calles un aire de Europa, aquí, en medio de México. Tu mamá me descubrió que no era nada más algo en mi imaginación. ¿Por qué nos fuimos a vivir tú y yo justo ahí? ¿Te acuerdas de que yo te decía que teníamos que prender incienso para purificar el lugar? Tú te burlabas, pero en el fondo también te daba miedo. Estábamos entrando a un departamento que ya existía en tus pesadillas. No se notaba, porque no se veían estragos ni se oía alemán.

En ese edificio de Varsovia la vieja, que tú y yo conocemos, Noemí se enferma de disentería. Me cuenta que queda prácticamente inconsciente. Escucha entre sueños a un doc-

tor que dice que la niña se está muriendo. Necesita un caldo de pollo. ¿De dónde?

De alguna manera le consiguen un caldo de caballo. Noemí se acuerda del sabor dulce de ese caldo, un poco parecido al de conejo. No sé qué querrá decir eso. Nunca he probado ni carne de caballo ni carne de conejo, pero puedo entender cómo el sabor dulce de un caldo de caballo trae fuerzas a Noemí. Poco a poco se repone. La tienen escondida. Los niños han desaparecido del gueto. Una vez que Noemí se recupera, se habla de la necesidad de escapar.

Esther, la abuela que no conociste, la madre de Noemí, platica con sus hermanos menores Luba e Isaac. Hay posibilidades de salir. David, tu tío de Australia, el joven partisano de la resistencia judía con quien Luba se acaba de casar, establece contacto fuera del gueto con una pareja polaca, sin hijos, que fueron vecinos de Lodza, la esposa de Isaac. Los matrimonios entre jóvenes eran frecuentes en esos días. La vida se vivía de prisa. Isaac se enamoró locamente de Lodza a pesar de la oposición de la familia y terminó casándose con ella. ¿Te puedes imaginar que en medio de esa tragedia había espacio para minidramas y romanticismos?

La pareja de polacos, que conoció a Lodza desde que la cargaban en brazos, podría esconderlos en su casa. David, que era un jitri, *así se les llamaba en ruso a los astutos —me explica tu mamá—, se las arreglaba para entrar y salir del gueto y logró sobornar a unos guardias alemanes. Noemí hace una distinción que yo no imaginaba entre los oficiales de la Gestapo y los soldados alemanes. Los soldados vivían el sino de esos tiempos como todo reclutado en cual-*

quier guerra de la historia. Era una tragedia. ¿Quién la puede juzgar?, me interroga Noemí. Me sorprende su capacidad de matizar. Eran seres humanos con sus flaquezas y virtudes. Se trataba de sobrevivir. Sin embargo, los de la SS eran una categoría aparte. El mal. El mal por el gusto del mal. El mal enseñoreado.

Trata ahora de imaginar a Noemí acompañada por David en una de las pequeñas puertas de salida del gueto. Van a intentar sacarla primero. Los guardias tienen la responsabilidad de contar cuántas personas salen y entran diariamente. El número tiene que coincidir. Ese día muy temprano por la mañana salieron 30 personas. A las seis de la tarde regresaron 29. Los guardias contaron a un perrito como si fuera Noemí. Total de ingresados 30. La exactitud alemana.

Los recuerdos de Noemí no son del todo claros. Tiene la impresión de estar en casa de Mara, su antigua institutriz, mientras va saliendo el resto de la familia del gueto. Después, pero a lo mejor fue antes, se ve en un pequeño cuarto en la casa de una pareja polaca. Cuando piensan que está dormida, oye dos discusiones en voz baja que la dejan marcada. Su papá tuvo la oportunidad de sacarlos antes de que sucediera la tragedia. Nunca se imaginó que los fueran a encerrar dentro de la misma Varsovia. Habló con el cónsul de Estados Unidos para explorar las posibilidades de salir de Polonia. No sabía qué hacer. Finalmente tomó la decisión de quedarse. No quería dejar a su familia ni las propiedades logradas con tanto esfuerzo. Noemí también se entera, entre susurros, de que su mamá al entrar al gueto tuvo que abortar. Era cuestión de sobrevivencia.

En la otra discusión escucha que la niña, ella, no debe quedarse en ese cuartito. Compromete la seguridad. Debe irse. Pueden matarlos a todos. Algo se rompe en Noemí. Se quema por dentro. Su mamá toma la decisión de irse también con ella. No puede dejarla sola. Ésas, Mijael, ésas son las decisiones cruciales que ya no tienen vuelta de hoja.

El socio polaco del papá, que vive en Londres, se las arregla para enviarles dinero a través de David. Esther y Noemí se dirigen a un suburbio de Varsovia. Llegan a una casa amplia y agradable. Es la casa de Mara.

Mara recibe una gran suma de dinero por esconderlos. El escenario cambia de manera radical. Uno podría pensar que nunca existió el gueto. Es verano. Se respira aire fresco en medio de los espacios verdes arbolados. Pasan tres meses. De nuevo se abre un gran cambio. La mamá de Noemí se tiene que ir. Le explica a su hija que tiene que irse, que no puede estar con ella. Peligraría Noemí. Tu mamá puede pasar por la hija de Mara, pero ¿cómo explicar la presencia de Esther? ¿Adónde se va a ir?, le pregunta Noemí. Esther le dice que estará escondida con el hermano de Mara.

Desde entonces, Noemí no vuelve a saber de su mamá. Pregunta una y otra vez por ella, hasta que un día deja de preguntar. Años más tarde se enterará de que la asesinaron y que no fueron los nazis ni fueron soldados. ¿Quién fue y por qué? Ésa es la pregunta que no ha dejado de hacerse.

Capítulo V

Mijael sueña con un libro que desconoce. Sabe que sueña. Se maravilla al darse cuenta de que, por un lado, el sueño es su creación; pero, por otro lado, aunque él es el autor, ignora de qué trata el libro. Su mirada recorre línea tras línea con información que le abre nuevos conocimientos.

Mijael despierta. Siente en el corazón un delicado masaje de luz. Abre ligeramente un ojo para ver el reloj. Todavía hay tiempo. Es domingo. Se voltea al otro lado. Heny no está. Una ligera punzada en el plexo solar. Cierra los ojos. Estira las piernas dentro de las cobijas. Piensa en la nitidez y claridad del sueño. Sabe sin lugar a duda que, efectivamente, leyó un libro. Su cuerpo tiene la memoria, el sabor intenso de orden y coherencia que siempre le da el conocimiento, el hallazgo. Sin embargo, no puede recordar nada. Extrañamente, no le causa desasosiego.

Se pone a pensar en la información y en los libros que le ha proporcionado Dora. Coloca la mano izquierda debajo de la almohada. Se entrega a uno de sus pasatiempos favoritos: el juego de las hipótesis. Examinar una idea desde los más diversos ángulos... Heráclito. Heráclito tendría que ver con esto de la astrología. Todo se comunica con todo. Todo tiene que ver con todo. ¿Cómo decía Heny que le decía su maestro de teatro sobre las leyes de la acción dramática? Nadie puede cortar una flor sin perturbar una estrella. Desde el punto de vista de la física moderna eso es cierto: el movimiento de un electrón afecta todo el tejido de la vida. En el nivel cuántico todo está infinitamente correlacionado. Pero de ahí a ver que Júpiter tenga una influencia de alguna índole en mi comportamiento hay un gran salto... Sagan, en todo caso, como decía Carl Sagan, cuando dos personas estamos cerca, a un metro de distancia, nos afectamos electromagnéticamente mucho más de lo que Marte pudiera llegar a influir en nosotros. Por eso me pareció interesante lo que dijo Dora sobre las secuencias. Vemos humo, sigue que hay fuego; vemos hileras de hormigas, viene la lluvia. La migración de los pájaros marca un cambio de estación. No la afecta. Sucede al mismo tiempo. Las distintas configuraciones planetarias muestran tan sólo el ciclo que está operando. Eso ya de por sí nos pasa. Llega la Luna llena y hay mareas más altas en todas las aguas, incluso las de la sangre. La Tierra se coloca en una posición con respecto al Sol y entramos a primavera. Los astros marcan la secuencia: inicio, juventud, madurez, invierno. Eso también pasa durante el día. Se repiten los ciclos. Si mi memoria de disco duro no me falla —así bautizó Heny a mi memoria—, es Jung quien dice que la astrología es tan sólo explorar la cualidad del tiempo, del momento en que nacemos. Como si fuéramos vinos de una cierta cosecha.

Como si estuviéramos coloreados del impulso del tiempo. Eso lo puedo entender, Picasso tuvo su etapa azul, su periodo rosa... Yo también he sentido que hay momentos de la vida en que predomina un sentimiento, un tipo de actividad... ¿Será esto la noche oscura del alma? ¿Por qué mi frialdad afectiva con Heny? ¿Por qué mi incapacidad de desbordarme, de entregarme? En cierto modo yo tuve la culpa. Tengo miedo a perderme. El dolor lo puedo tolerar pero la falta de control es otra cosa. Te la pasas cuidando las emociones, midiéndolas, como si estuvieras en un campo minado. Abrirse demasiado es peligroso. Es como tener la carne viva, expuesta a la intemperie. Para tratar de evitar el dolor futuro, no puedes permitir perderte. Sin embargo, precisamente por tantas precauciones, te he perdido y al perderte he perdido el control. Me pierdo... Mijael se voltea. Apoya su nuca en la almohada, abre los ojos y se queda mirando el techo sin fijar la vista. Se imagina a Heny acostada con el otro. Siente una rabia infinita que le hace hervir la sangre. Después de unos momentos que parecen eternos, se desvía su atención.

Hipótesis. Hipótesis. Mijael se aferra al placer del pensamiento que busca entender. Las secuencias. Los programas. Las geometrías. Desde el ADN se cumple puntualmente un orden, un desarrollo secuencial: crecen los músculos, las piernas, se alargan los huesos, brota el vello, cambia la voz, madura el cuerpo. ¿Cómo conocer el programa y sus tiempos? ¿Podría ese programa influir en los pensamientos del Mijael de ese instante? Después de todo, reflexiona, la reacción al medio también está codificada en el ADN, la forma en que se abren las pupilas ante la luz, el estremecimiento de la piel ante otra piel. Una idea luminosa: parte del programa genético está escrito fuera del cuerpo. Se acopla de una manera exacta a la información que lo reclama, al deseo que lo llama. ¿Cómo leer ese programa? En el ADN nos topamos con moléculas de proteínas y azúcar. Estamos hechos de azúcar. Mijael ríe. Se oye su carcajada a solas. La tinta que nos codifica es una tinta aminoácida. ¿Cómo leer la mente del escribidor? Mijael piensa en el cartel de Einstein que tiene en su cubículo de la universidad en el Instituto de Investigaciones de Física. El abuelo Einstein con los ojos melancólicos semiabiertos, el amigo de las inquietudes resonantes. Existen amistades cercanas aunque no se dé la coincidencia en el tiempo y en el espacio... Las coincidencias... Las coincidencias... Por un lado dan temor y, por el otro, un sentido de orden: el azar a veces se parece al accidente exacto, a veces al destino y a veces a una voluntad implacable. Mijael recuerda la canción de Sting que Heny tocaba una y otra vez: *Shape of My Heart.* La sagrada geometría del azar. Si pudieran trazarse los pensamientos y los encuentros fortuitos que se convierten en destino. Piensa en las miradas amorosas de tantos y tantos antepasados en el justo momento en que el deseo conduce al contacto del semen y el óvulo. Un segundo antes o un segundo después y uno no estaría aquí. Hay una sensación de abismo. Eso sin contar todas las bifurcaciones que se dan a cada instante. ¿Qué hubiera pasado si el abuelo decide no ir a esa reunión donde conocería a la mujer del destino? ¿Qué hubiera pasado si en algún bisabuelo adolescente de repente surge la idea de un viaje que lo lleva a otra historia? Cada vez que cruzamos la calle, con el menor movimiento del cuerpo o del pensamiento cambia la figura del caleidoscopio. Somos tan improbables. Y sin embargo, nos sentimos tan necesarios como si no pudiéramos ser de otra manera. ¿Y si no hubiéramos sido?

Los ruidos de los departamentos vecinos aumentan. La luz del sol se filtra con intensidad creciente tras las gruesas cortinas. Mijael oye pasos constantes en el piso de arriba. A lo lejos se escucha la música de *La Bohemia* de Puccini. El rumor de la calle va en aumento. Por otro lado llegan ráfagas con sonidos de un bolero: "Que se quede el infinito sin estrellas y que pierda el ancho mar su inmensidad..." Se abren y cierran puertas. Es domingo en los viejos departamentos de la Condesa. En el aire se diluye el olor dulce de la panadería y el de las fritangas de la contraesquina de las calles de Pachuca y Juan de la Barrera. Mijael se sienta sobre la cama. Acomoda la almohada como respaldo para no sentir la dureza de la cabecera de mimbre. Piensa en toda la conspiración de vida que se ha dado para llegar a ese momento: es un embudo con átomos cocinados en las estrellas, combinaciones de elementos, briznas de hierba, memorias, respiraciones, frutas y peces, la vida alimentándose de la vida, historias y miradas, miríadas de miradas que convergen en ese momento. Sin ser religioso —no soporta la ortodoxia y el fanatismo— llegan a su mente unas viejas oraciones hebreas: *shejeyanu vekimanu vehiguianu lazmán hazé.* Se agradece al Bendito por permitirnos llegar a este instante, al presente. *Toda la vida se asoma por mis ojos.*

Mijael se imagina a sí mismo como un holograma donde la información del todo está escrita en cada una de las partes. Sonríe. La mirada se pierde en los entresijos de las sábanas. Así como tenemos la información de todo el cuerpo en el ADN de cada una de nuestras células, toda la información del universo, todas las historias posibles están en cada parte de nuestro cuerpo. *Holos,* totalidad, *grama,* escritura. Mijael se detiene en la palabra, la saborea. Eso es algo que aprendió de Heny. Disfrutar de la poesía, de lo que se abre con cada palabra. Era un ejercicio que solían hacer mientras estaban atorados en medio del tráfico automovilístico. Jugaban a componer nombres con las letras de las placas: 793-STC: Solsticio; 248-SMA: Salamandra; 346-SSP Sal si puedes. Holograma sería HLG. Hay imágenes de hologramas, figuras tridimensionales en su mente, aquellas que vio con Heny en una exhibición en el Museo del Chopo.

—Se pueden tocar, Mijael. Casi se pueden tocar —dice Heny mientras pasa sus manos por las flores fantasmales e iridiscentes del cuadro holográfico—. Son rosas que no espinan. ¡Qué maravilla! —ríe Heny mientras se nimba en la memoria.

El holograma de Heny desaparece. ¿En qué parte de mi cuerpo estás? Lo que queda es la espina sin imagen. Este cuarto está lleno de hologramas dormidos, agazapados: en las toallas que aún guardan tu olor; en tu suéter, sobre la silla, que no me atrevo a mover; en los platos que lavábamos juntos (yo siempre los secaba) y en estas sábanas que esperan el contorno de tu cuerpo. Este es un pequeño ensayo de lo que es la muerte, de cómo vivir sin tu presencia, sin tus pasos desnudos sobre el piso de madera, sin el ritmo de tus palabras. Aprecio como nunca la respiración de tu pensamiento, la forma en que fluye: sus pausas y bifurcaciones, su agitación y cadencia. No te sospechaba tan dentro de mí. ¿Por qué la pasión es más intensa ante lo irremediable? ¿Por qué es más fácil declararle el amor a la ausencia y a lo perdido? ¿Por qué nos hacemos estas trampas del destiempo? ¿Qué nos va a pasar, Heny? Dime qué nos va a pasar. Mijael lleva la mano izquierda a la altura del rostro. Las yemas de los dedos tocan los párpados, los cierran por unos segundos. Su tronco se bambolea ligeramente. Siente en el pecho el dolor de una operación interna a corazón abierto. Poco a poco disminuye la intensidad de la experiencia. Al abrir los ojos, desemboca en las paredes de ese mismo cuarto que parece a la vez extraño y familiar.

¿Cómo leer lo que nos va a pasar? Si todo está escrito en cada parte, ¿existe un código que también se cifra en las configuraciones estelares? ¿Será posible leer algo que se parece al ADN en la oscuridad del cielo? ¿Será que en lo más lejano podemos ver lo que no podemos ver? ¿Se encuentran también afuera, en la bóveda celeste, nuestras neuronas encendidas, los racimos de galaxias del espacio interno?

Mijael estira el brazo para tomar el reloj de pulsera. Se lo pone. Cierra los ojos para meditar. Una práctica reciente que le ha aconsejado Dora. Poco a poco la mente se aquieta. Silencio.

En uno de los recuentos posibles se lee lo siguiente: Después de tres meses de haber visitado al *jyotishi* Bhagavat Shastri y de haber conocido sobre el *Libro del destino*, Dora decide estudiar astrología védica. Vive en una casa de huéspedes situada en las afueras de Nueva Delhi. Le pide a Nandkishor que le auxilie en la búsqueda de un maestro. Atraviesan la ciudad en un taxi que es un triciclo motorizado con toldo de lámina; en vez de antena tiene el tridente del dios Shiva. El tráfico es intenso. Huele a llanta quemada. Dora se entretiene observando los letreros de Coca-Cola con letras sánscritas y los anuncios espectaculares de películas hindúes. A través de las imágenes, intensamente coloridas, se adivinan romances, héroes y heroínas de las mil y una noches situados en los tiempos modernos. Las estrellas de cine, exageradamente maquilladas, son los nuevos dioses que encarnan las pasiones humanas. Los conductores de vehículos gustan ejercer el poder que les confiere su estatus: son una casta por encima de los que se mueven a pie. Tocan el claxon a pesar de que los transeúntes están a más de media cuadra, de esas cuadras largas, y pueden atravesar fácilmente la calle mucho antes de que se acerquen los coches. En los balcones de los edificios cuelgan grandes sábanas, son *dothis*, los vestidos blancos masculinos que se intercalan con telas de seda, saris, los vestidos femeninos de color rojo carmín, azul celeste, verde, morado, con estampas bordadas en oro o en plata. Dora y Nandkishor bajan del vehículo y se internan en un bazar. Los pordioseros se acercan. Uno de ellos, un pequeño, es muy insistente. Al verla extranjera le habla en inglés. Dora no responde. El niño intenta otros idiomas, incluso un remedo de español. Dora se sorprende. Caminan por un pasillo flanqueado por tiendas para turistas, boutiques, librerías, puestos con polvos para teñir telas, alimentos. Huele a curry y sándalo. Algunas vacas atraviesan lentamente la calle. En una esquina, junto a un pilar, se ve a un encantador de serpientes. Casi enfrente, compite por la atención de los paseantes un hombre con la piel pegada a los huesos, que anuncia una pelea entre una mangosta y una cobra. Se trata de una estampa milenaria, si no fuera por el sudor y la transpiración que siente Dora en su piel y que la hace recordar que está ahí presente. Entran en una oficina. Hay aire acondicionado. Un alivio ante el agobiante calor. El dependiente les indica que pasen, a través de una cortina de tela desgastada, a la casa que está tras el despacho. En el patio observan a unas diez personas que se refugian del sol a la sombra de dos frondosos banianos mientras esperan su consulta con el astrólogo. Un hombre de unos treinta años, vestido a la manera occidental, con traje y corbata, muestra una amplia sonrisa de dientes muy blancos, contrastantes con la tez oscura, y se acerca a conversar con Dora en inglés:

—¿Primera vez en la India? ¡Ah, México! *Olympic Games. Very nice.* India, *hockey.* Somos los mejores en hockey con caballos. Polo. ¿México se parece a India? ¿Primera vez con *jyotishi*? Gran sabio. Gran sabio. Muchos astrólogos no tienen conocimiento, pero Rasik Joshi es hombre de espíritu. ¿Sabes? La astrología es ciencia espiritual. Yo siempre consulto cuando emprendo nuevos negocios.

Dora sonríe con la ironía involuntaria y observa el anillo en la mano de su interlocutor: tiene montado un zafiro azul muy brillante, lleno de vida. Su mirada se pierde en la luz atrapada por la piedra. Alza la vista. Observa a los hombres, mujeres y niños ahí congregados y piensa en la fragilidad, en la desprotección, en las inocentes creencias e ingenuidad con que a ciegas se trata de sortear la vida. Somos tan vulnerables ante el azar. Siente una oleada de compasión. La intensidad del calor convierte el aire en una transparencia vibrante, ondulatoria, que distorsiona los objetos, la hierba, las piedras. Dora se siente dentro de un cuadro de Van Gogh. Su mirada, la percepción y sentimientos también se ondulan, se acoplan a la ondulación de lo mirado. Se funden en silencio. El aliento se suspende. La mirada vibra en un tambor hueco que deletrea sordamente cada cosa. La forma de la flor dice *pushpam.* El sonido se ve. La mirada se oye. El mundo es un canto védico. El tambor interno crece en intensidad de manera espasmódica como si unas sienes invisibles fueran a estallar. Cada golpe, una mancha de luz, hasta que revienta una ola sagrada que lo abarca todo.

Capítulo VI

Ésta es la historia de Yadwiga Kozerowska. No la busquen en los libros. No aparece. No hay registro de su existencia (pero nunca se sabe). Quizás en algún lugar siga flotando su memoria. Dicen que cuando las imágenes son muy intensas nunca se pierden del todo. Tal vez aún persista en cinco o seis mentes, o ande por ahí tatuada en el aire, esa niña rubia de nueve años, de padres polacos, que vive en una hermosa y amplia casa de los suburbios de Varsovia. Véanla jugar en el jardín, en medio del olor a pasto recién cortado, entre castaños en flor. Tiene entre sus manos la piel afelpada de un pequeño conejo blanco que le acaban de regalar sus amorosos padres. En la cocina hierven las papas en una olla, al lado de la carne de puerco sazonada con especias. La sopa fría de *borscht,* de color púrpura agridulce, reposa en un recipiente metálico.

Bolek, el padre, es un hombre alto, de ojos azules, cabello castaño claro, musculoso, piel rojiza, mostacho caído y barba sin rasurar desde hace tres días. Comen en un silencio incómodo. Bolek termina sus alimentos y en seguida se levanta de la mesa para ir a recostarse al dormitorio.

Yadwiga se va a jugar con Irene, su amiga más querida. Es una vida placentera, tranquila. Sin embargo, hay algunos signos que le dan inquietud. No hay que pensar mucho en ese humo que se ve allá a lo lejos, en Varsovia la vieja. Todo está bien. Papá y mamá se quieren mucho excepto en las noches cuando escucha gritos y cuando en la mañana ve el rostro amoratado de Mara. A veces se encuentran Yadwiga y Bolek en la cocina. Él no se mete con ella. Sólo le sonríe de manera torpe mientras se prepara un vodka quemado con azúcar.

Mara tiene una mirada fresca, fuerte, inteligente, pero en las noches pierde la entereza. Bolek le grita. Ella le responde que es un mantenido, que debería trabajar en algo, aunque sólo fuera por dignidad. A Mara le importa mucho la dignidad. Bolek, por su parte, le grita que es muy fácil vivir del dinero que le mandan los judíos, que ella es peor: se aprovecha de la situación de los judíos.

Pelean como perros y gatos, y luego, sumisa, entra al cuarto con Bolek, escondiendo la mirada. Se oyen quejidos contenidos de placer y dolor. Luego nuevamente gritos. A veces sale Mara del cuarto, azota la puerta y se sienta a la mesa a jugar solitario o a tirar las cartas. Mara es muy buena para las cartas. Algunas vecinas suelen acercársele para que les lea el futuro de sus amores. Pero ahora Mara está sola con el cabello rojo desaliñado, cubierta con una bata desgastada, los ojos hinchados. Ve a Yadwiga que la observa. Le dice que se acerque. Nunca dejes que te controlen. Nunca te entregues ni dependas de nadie. Yadwiga no entiende.

—Ven. Te voy a tirar las cartas. —Mara baraja y revuelve con habilidad el mazo de cartas y las coloca una a una sobre la mesa. Estudia la configuración. Habla sin levantar la vista:

—Te vas a ir muy lejos y nunca vas a volver a contactarte conmigo. Te contarán algo horrible de mí. No les creas —el rostro de Mara se entristece hasta lo indecible.

—No se preocupe. Yo no voy a creer nada de lo que me vayan a decir —le contesta Yadwiga con dolor envuelto en ternura.

—Yo era polaca. Vivía como si fuera polaca. Mis amigas eran católicas. A quien yo más quería se llamaba Irene —las olas revientan rítmicamente. Heny se muerde los labios mientras escucha las palabras de Noemí. En el aire flotan dos Irenes: la de entonces y la que brota ahora filtrada por los recuerdos de Noemí. ¿Cuál es más real? Heny se da cuenta de que el presente también es una historia que flota. Hay tantos ángulos que no podemos ver con claridad mientras los vivimos. ¿Se lee mejor lo que nos pasa desde la memoria? Quizá, pero también se pierde intensidad. O tal vez no. Heny se muerde nuevamente los labios para recordar que está frente a Noemí escuchando una historia frente al mar.

—Quizás Irene fue mi única amiga de la infancia —dice Noemí con profunda nostalgia. Ha estado tratando de controlar sus emociones durante el relato. Pero en este momento, inesperadamente, se da un quiebre, piensa Heny—. No sé si con alguien tendré tanta intimidad como con ella. Nos la pasábamos juntas por todas partes. Al acercarse la Navidad, me invitó a su casa para que le ayudara con la decoración. Cómo me encantaban los adornos navideños, las esferitas relucientes en los arbolitos de pino. Me enseñaron a hornear galletas. Mientras amasábamos la harina, con las manos mojadas y los dedos embarrados, se les ocurrió ponernos a ensayar las canciones de Navidad. Todas las niñas cantaban, menos yo. Yo nada más movía la boca para fingir que también cantaba. La mamá de Irene se dio cuenta. Ella tenía un hermano en la policía polaca que colaboraba con los nazis. Me delató. Vinieron por mí. Irene nunca supo lo que pasó. ¿Tú crees que Irene todavía viva? ¿Crees que se acuerde de Yadwiga Kozerowska? —se hace un silencio justo en el momento en que las olas se retiran. Al unísono de las palabras, el mar vuelve a estallar.

"Mara se las arregló para ponerse en contacto con mis tíos y ellos enviaron prácticamente todo el dinero que les mandaban de Londres para salvarme. Una vez más, me escapé de los campos de la muerte.

"Tuvimos que irnos de Varsovia. Bolek, para entonces, ya no vivía con nosotros. Llegamos a una especie de rancho. Todo volvió a la tranquilidad. Llegó el verano de los bosques polacos. No tienes idea de la belleza de esa espesura. Volví a ser Yadwiga. Pastaba a las vacas. A mí me tocaban cuatro. Hacíamos mantequilla a mano. Fue un idilio en medio del infierno. ¿Cómo puedes vivir dos realidades tan distintas, una al lado de la otra, nada más por estar afuera del gueto tan solo a unos cuantos kilómetros? En la noche de San Juan salíamos a buscar tréboles de cuatro hojas para que se nos cumplieran todos los deseos. La condición era encontrarlos antes de las doce de la noche. Recogíamos frambuesa en nuestras jarras y canastas. Lo único que nos recordaba que había una guerra eran los soldados partisanos que vivían ocultos en los bosques. A veces entraban al rancho, a caballo, para pedir comida y provisiones que prácticamente tomaban por la fuerza.

"Tiempo después, empezamos a escuchar la artillería pesada de los rusos. Las bombas caían en el campo. En las noches nos escondíamos en trincheras como si fuéramos soldados de la Resistencia. Recuerdo especialmente el color del cielo. De pronto se iluminaba el firmamento como si fuera de día y veías algo así como fuegos artificiales, como si fuera 16 de septiembre. La imagen era preciosa. Sin embargo, venía acompañada del ruido de las bombas. Era como un chiflidito. Nunca lo olvidaré. Todavía lo tengo en los oídos. Ese sonido era lo único que nos recordaba que estábamos ante la muerte. Yo nada más rezaba, hacía el signo de la cruz que Mara me había enseñado en la iglesia donde íbamos con frecuencia. Hasta la fecha, cuando me siento en peligro hago el signo de la cruz sin pensarlo. Yo era una niña polaca, católica como todos los polacos. Me llamaba Yadwiga Kozerowska.

Suenan las sirenas en Londres. Es el tiempo de los bombardeos alemanes nocturnos. También se escucha el fuego de ametralladora de las baterías inglesas situadas en Hyde Park y Green Park. Louis de Wohl está encerrado en una habitación en Grosvenor House, en Park Lane, un elegante edificio que combina ladrillos rojos y claros con ventanas angostas y alargadas. Ahí se encuentran las oficinas del Psychological Research Bureau. Sus tareas corresponden a las de un empleado del Departamento de Guerra Psicológica, del cual es el único miembro activo. Se dedica a escribir ensayos sobre la mentalidad de los dirigentes del Tercer Reich, pero emplea más de ocho horas diarias al análisis de lo que le han encomendado en secreto, de manera no oficial: averiguar lo que probablemente diría a Hitler su consejero astrológico. Es el tiempo de los bombardeos alemanes nocturnos. Será una noche agitada, considera De Wohl frente a una vieja máquina de escribir. Después de media hora en que suenan las sirenas, ya se sabe la magnitud del ataque. Habitualmente se trata de incursiones de ciento cincuenta a doscientos cazas alemanes. En las noches de excepción, como ésta, el número de aviones fluctúa entre cuatrocientos y quinientos. Se sabe, porque el zumbido del aire es continuo. Para regresar a casa, piensa De Wohl, no habrá problema para caminar en medio de la oscuridad del *blackout*; el resplandor del bombardeo será suficiente.

De Wohl toma un sorbo de café ya frío y examina el material que hizo llegar a través de la valija diplomática a Viorel Tilea, embajador de Rumania en Londres, quien por el momento está en Bucarest. Antes de ser asignado a Inglaterra, fue aconsejado en el terreno de la astrología por Karl Krafft, con quien ha seguido teniendo contacto. Se escriben con frecuencia. Los documentos que están en las manos de Louis de Wohl son un indicio de que Hitler escucha a Krafft. Hasta los oficiales que consideran la astrología como superstición juzgan que es una buena estrategia atacar a Hitler cuando él está convencido de tener malos tránsitos planetarios. La guerra se da en todos los frentes, incluso en el sutil, ninguno debe desdeñarse, piensa De Wohl. En la antigua India, existió una astrología militar llamada *Yatra,* el conocimiento del momento adecuado para iniciar una acción guerrera. Se tomaban en cuenta las cartas astrales de los reyes para ubicar sus fortalezas, sus puntos débiles y actuar en consecuencia. La última vez que se utilizó la astrología en una contienda, recuerda De Wohl, fue en 1618, en la Guerra de los Treinta Años.

Para contrarrestar al mejor astrólogo de Hitler, además de la misma astrología, existía otro camino: algo parecido a la novela. ¿Por qué no filtrar información, a través de Tilea, para que llegue a los ojos de los servicios secretos nazis? El embajador era un personaje sospechoso. Había vivido en Inglaterra. Estaba en contacto con Krafft... y con él mismo, quien también lo aconsejaba en el terreno astrológico. De Wohl apoya la mandíbula en la mano izquierda. Observa el papel en blanco. Sus manos se colocan en el teclado:

Excelentísimo Embajador:

Agradezco que usted sea el conducto para mantener los lazos de amistad con mi gran maestro de astrología, Karl Krafft. Como ya he tenido oportunidad de platicarle, considero que hay pocas personas en este planeta con la capacidad de predicción tan exacta como la que posee Krafft.

Es usted muy afortunado de contar con su consejo y experiencia. Yo tuve la suerte de aprender sus técnicas cuando trabajé como su asistente en Urberg. Aún recuerdo esos días que pasamos juntos en la montaña. A pesar de que se dice que Krafft es un individuo excéntrico y extraño, fue particularmente generoso conmigo. Me obsequió sus libros y, sobre todo, su amistad. Es fascinante conocer de cerca a un hombre que se dedica con tanto esmero a la ciencia de las estrellas. No cabe duda de que es un gran personaje. Algún día lo novelaré. Usted que es tan sensible a los detalles, Señor Embajador, le contaré un gesto que describe perfectamente a nuestro admirado Krafft. Me regaló una brújula que tenía la forma de un planeta que flotaba en un líquido dentro de una pequeña esfera transparente. En ese planeta de color negro estaban grabadas una flecha verde y las letras blancas de los puntos cardinales. Al cambiar la dirección, temblaba ligeramente, giraba hasta encontrar el Norte, la Estrella Polar. Bien sabemos que ésta es una muestra de cómo nos impulsa un magnetismo invisible, me dijo Krafft; lo que hay que descubrir son las fuerzas que nos mueven, aunque a veces no puedan detectarse. Sin embargo, están ahí. Tenemos que acecharlas, atraparlas pacien-

temente a través de la observación y la estadística, a pesar de que parezca que hemos perdido la brújula, Señor Embajador.

Me familiaricé con los métodos y formas de análisis de Krafft, con sus técnicas para interpretar los horóscopos de los personajes más notables de nuestros tiempos. Créame, los más notables. He tenido acceso a fechas y horas de nacimiento que, como usted sabe, deben mantenerse en absoluto secreto. Pocas personas imaginan de qué manera queda desnuda una persona ante los ojos de un astrólogo. Se pueden ver los pensamientos más íntimos, lo que no atrevemos a confesarnos. Imagínese un conocimiento así en manos inapropiadas. Si la gente lo supiera, no daría tan fácilmente sus datos de nacimiento.

Si usted advierte alguna destreza en mi trabajo, debe atribuirla a Krafft, ya que me enseñó a realizar exactamente el tipo de predicciones que él haría. Por cierto, aprovechando la ocasión para responder a la pregunta que me hizo llegar, yo creo que todavía no es el momento adecuado. Hay un tránsito que, como diría mi maestro, dificulta el camino de Hitler. Usted entenderá.

Reciba mis más distinguidas consideraciones,

Louis de Wohl

Capítulo VII

—¿Cómo se pueden saber los nombres del futuro, los nombres que tendrán ciudades desconocidas? —repite Dora la pregunta. Mijael sentado en el sillón, con las manos empalmadas tocando la punta de la nariz, con la ceja arqueada, la observa fijamente—. Es parte de la ciencia de los nombres, el estudio de la lingüística y el valor de los sonidos que en sánscrito se llama *Shiksha* —Dora deja que penetren los nuevos conceptos. En la luz de la mañana sus ojos parecen gemas. Mide cuidadosamente las palabras—: Ciertas sílabas sánscritas están asociadas a configuraciones espaciales particulares. Curiosamente, una mezcla azarosa de... llamémosle sílabas estelares podrían deletrear el nombre Me-sshi-ko, aunque para el *jyotishi* de hace siglos esos sonidos no hubieran tenido ningún sentido.

Mijael imagina los murmullos de estrellas hechos de diminutas letras y recuerda un cuadro de la casa de su madre en donde el perfil de la palma de una mano está delineado por pequeñísimas palabras hebreas. Heny tenía un dibujo parecido que le regaló su hermano, en el que los cuerpos de los danzantes, judíos jasídicos, también estaban hechos de la combinación de diminutas letras hebreas.

—¿Quién te enseñó eso? —pregunta Mijael.

—Fue en Nueva Delhi donde aprendí *Jyotish* —responde Dora—. Poco antes de conocer a mi maestro de astrología tuve una experiencia que no podría describirte... No es cierto. Me queda una sensación... la de fundirme en lo mirado como en una pintura de Van Gogh, con ondulaciones que se salían del cuadro. En mi cuerpo más allá de mi cuerpo, circulaba una corriente de calor como el de una electricidad sutil... Percibí la unidad de la vida, sentí a Dios como algo real... No imaginado... No objeto de creencia o fe —refiere Dora mientras su mirada está atenta a la expresión de Mijael—. Recuerdo que conocí ahí, entre las personas que consultaban al *jyotishi,* a un industrial hindú muy simpático. Tenía fábricas de zapatos en varias partes del mundo. Todavía tengo clara su imagen que se asoció a ese momento. Otros detalles se han perdido, pero no la sensación. No puedo negar ya esa experiencia. Cuando Rasik Joshi me conoció, después de leer mi carta, me dijo que yo estudiaría yoga y gozaría del favor de los sabios en esa búsqueda. Me dijo que me enseñaría *Jyotish,* los ojos del Veda, del conocimiento, así le llaman. Toma nota Mijael: *jyot* es la parte más brillante de la luz. ¿Podrías creer que la luz puede encenderse como miles de soles que iluminan las fibras de todo lo que existe?

Mijael escucha divertido y escribe obediente en un cuaderno de forma italiana. Es sábado. Son las once de la mañana. Dora le está dando clases en su departamento de la colonia Polanco. Mijael se siente en una situación absurda y a la vez interesante. Dora le pide que le preste la pluma. Sus manos se rozan por unos instantes. Traza un círculo sobre una hoja en blanco y le explica que la clave de la interpretación está en el ascendente, ese punto del horizonte del cielo que se asoma a recibirnos en el momento que nos vio nacer. Esa región se vuelve la primera casa.

—Se toma una instantánea —hace el gesto de tomar una fotografía— de la posición de los planetas en distintas regiones del espacio en la hora de nacimiento —Dora se levanta y le pide a Mijael que la acompañe al balcón. Le señala un lugar semicubierto por árboles y edificios—. Allá se encuentra el este. Aunque ya ni nos damos cuenta en esta ciudad. Ahí está la primera casa. Cada dos horas aparece otra constelación de estrellas; en la astrología védica no son solo simbólicas. Están ahí. Las puedes localizar con un telescopio.

Se quedan callados. Se oye el redoble del agua de una manguera sobre la lámina de un coche y sonidos de pájaros.

—¿Te has puesto a pensar que el firmamento también es nuestra casa? —pregunta Dora.

—Prefiero vivir en una casa menos abstracta —responde Mijael.

—El cielo también es una referencia. Tiene sus regiones precisas.

—¿Para qué conocerlas si ni siquiera conocemos las de aquí? Son arbitrarias.

—Precisamente para conocer las de aquí. El tiempo también es relativamente arbitrario y sin embargo nos ubica dentro de la eternidad. Tu cuerpo o la ciudad también es una división de ese espacio infinito.

—Un espacio que no entiendo. Ni el de aquí ni el de allá.

—Divídelo entonces, aunque sea un pequeño segmento, conócelo palmo a palmo y lo entenderás —dice Dora y sonríe con frescura. La blusa ligera de color azul rey subraya la piel madura y a la vez lozana—. Podríamos empezar por examinar, desde nuestra perspectiva, el círculo de la trayectoria aparente del Sol, una banda, un cinturón, que tiene como trasfondo las constelaciones del Zodiaco. Puedes dividirlo, digamos, en doce casas —Dora traza una circunferencia en el aire—. Tú que tanto gustas de las matemáticas, puedes visualizar cada una de esas casas con una extensión de treinta grados —le dice a Mijael mientras regresan a la sala.

Se sientan nuevamente. Dora retoma la hoja:

—Podrías subdividir esta banda circular en distintas formas para registrar más sutilmente por dónde pasas: si, por ejemplo, pudieras distinguir 27 distintos lienzos del cielo, como escenografía de fondo de tu actividad, cambiaría tu forma de apreciar y visitar un cuerpo o un cuarto. En *Jyotish* el cielo también se puede dividir en 27 *nakshatras* o constelaciones, territorios de 13 grados 20 minutos, las llamadas mansiones de la Luna. Cada día y fracción, la Luna se queda en una morada y visita así a sus 27 consortes a lo largo del mes —Dora ríe de manera abierta—. Como verás, la Luna es fundamental. Marca el paso y la intensidad del tiempo —toma nuevamente la pluma y dibuja en el círculo rápidas líneas verticales. Mijael observa las manos menudas y firmes:

—Por otro lado, si volvemos a las doce casas, cada una de ellas también podría subdividirse. Hay 16 maneras usuales de hacerlo: desde la fragmentación en tres o en nueve segmentos hasta la división en 45 o 60 partes; eso permite sintonizar más finamente el mapa estelar. Existe una subdivisión especial en 150 rebanadas que localiza de manera muy específica a los astros y planetas dentro de su danza rítmica —Dora ondula las manos—. De esta manera se pueden discernir las características similares y distintas de hermanos gemelos o precisar la hora de nacimiento.

Mijael levanta una ceja, pero sigue atento tomando notas. Se imagina la geometrización del cielo, piensa en el infinito cuadriculado, en la cuadratura del círculo. Levanta la vista y encuentra los ojos de Dora. Se ríe. Dora también ríe:

—La carta del instante en que nacemos es un corte transversal de la espiral del tiempo. Desde ese cuadro puedes seguir para adelante o para atrás las secuencias del movimiento, de la acción, de sus tendencias. El corte, de hecho, lo puedes hacer en cualquier momento, cuando nace una pregunta o cuando nace una persona. En esa escena ya está en potencia toda la película. Sé que es difícil de imaginar, pero yo vi una y otra vez cómo mi maestro podía decir con base en la hora de nacimiento el número de hijos, cuándo vendrían, la naturaleza de la profesión, los rasgos de la pareja, la fecha del matrimonio, el tiempo de los viajes, las partes del cuerpo proclives a enfermedades, los momentos difíciles y auspiciosos en la ruta de la vida. El cielo no está vacío, tiene forma de libro, está hecho de letras para quien sabe leerlas; estamos hechos de letras, me decía mi maestro.

—¿En qué porcentaje dirías que fueron correctas las predicciones de tu maestro sobre tu propia carta? —interroga Mijael.

—Yo diría que un 75 por ciento —responde Dora. Mijael se queda pensando que es un porcentaje alto. Se demora en el razonamiento de que, después de todo, hay cierto margen de libertad. Es como tener un cuerpo, tenemos ese cuerpo y no otro. Sin embargo, dentro de esos límites, hay un margen de juego. Ajedrez. Piezas limitadas, reglas rigurosas, combinaciones infinitas. El siguiente pensamiento sale a la voz:

—Dime, ¿dónde queda el libre albedrío en todo esto?

Dora lo ve directamente a los ojos. Son el mismo tipo de preguntas e inquietudes que ella enfrenta:

—Yo pienso que tenemos la capacidad de hacer prácticamente todo lo que deseamos, nada más que hay un pero: aun aquellos que tienen la mayor fuerza de voluntad, no pueden elegir lo que desean. Eso depende de lo que son, de su manera de mirar.

Mijael se queda pensando en la forma de mirar de Dora. ¿Desde dónde mira?

—¿Cuánto tiempo estudiaste con tu maestro?

—Más de dos años. Seis días a la semana tomaba clases con Joshi puntualmente a las cinco de la tarde. Memorizaba los nombres de las constelaciones y las casas en sánscrito, las yogas o combinaciones planetarias posibles, aprendía los cálculos de diferentes tipos de cartas. Fue una época muy intensa. Antes de empezar cada sesión, a la manera tradicional, Joshi cerraba los ojos y entonaba un canto védico.

—¿A él le venía ese conocimiento de familia? ¿No tienes una foto de él?

Dora se levanta del sillón, va a su recámara y regresa con una fotografía de Joshi. Sobre la frente amplia hay una mezcla de pasta de sándalo y azafrán. El gesto del ceño es austero. Está marcado con un pequeño círculo de color bermellón. Entre las barbas grises se dibuja una sonrisa dulce. Mijael observa la fotografía con aparente distancia. Dora ve lo que pasa por la mente de Mijael, una combinación de rechazo y fascinación ante lo extraño.

—Joshi aprendió sobre los ciclos del destino a través de su madre. Por generaciones, sus antepasados habían memorizado los aforismos sánscritos y le transmitieron a ella ese conocimiento. Los sabía recitar para adelante y para atrás como si estuvieran tatuados en su mente. Escuchaba atenta las historias que describían cómo era que todas las cosas estaban interconectadas. Estudiaba la forma en que los movimientos celestiales reflejan los asuntos humanos y se vuelven un espejo de las mareas de nuestras vidas.

Mijael saborea la imagen: es como una ecuación que integra lo abstracto y lo concreto, el Cielo y la Tierra, lo infinito y lo finito. Dora se da cuenta del efecto de sus palabras. Hace una pausa. Disfruta el momento de intimidad compartida en los pliegues más sutiles del sentido, aparentemente intransferibles. Percibe un flujo en forma de espiral, una galaxia diminuta, del tamaño de una perla que vibra y chisporrotea con matices verdes y dorados; está ahí, ya sea que los ojos estén abiertos o no. Dora formula en silencio un deseo. Cierra los ojos un instante y continúa:

—A la edad de ocho años, Joshi enfermó de tifoidea. En ese tiempo, como podrás imaginar, pudo haber sido mortal. Mientras convalecía, madre e hijo miraban el techo de la casa que tapaba a las estrellas, tratando de visualizar los desplazamientos de los planetas. En sus mentes hacían complejos cálculos astronómicos que hubieran requerido computadoras.

"Así fue como Joshi aprendió *Jyotish,* a pesar de las protestas de su padre. Su padre era un patriota que luchaba por la independencia de la India. Le dolía mucho que su hijo estudiara esas supersticiones del pasado. ¿Para qué pasar por el fuego de la libertad? ¿Para seguir como esclavos de adivinos que convierten a la gente al fatalismo? —Mijael asiente para sí. Dora continúa—: Joshi leyó su destino, examinó la casa nueve, la casa del padre, la casa cuatro, la casa de la madre y entendió. Vio que la independencia de India, que también él tanto deseaba, no se daría hasta 1947. Fue fiel al espejo que percibió. A pesar de la oposición del padre, prosiguió con sus estudios dedicando toda su entrega y devoción. Se encerró entre libros de día y de noche. Memorizó los más de 400,000 aforismos de los viejos textos sobre *Jyotish.* No conoció mujer. No se casó. Le empezaron a decir el hombre-libro porque, además de vivir entre ellos, podía leer a cualquier persona como si fuera un libro abierto.

—El hombre-libro... —se asombra Mijael—. Eso parece un cuento de Borges.

—Bueno, tan es así, que me inspiró la escritura de un cuento. Una vida como la de Joshi es inverosímil al grado que me parece que sólo la literatura permite asomarnos a esas posibilidades —los pájaros callan como si siguieran una partitura secreta. ¿Por qué esa puntuación, esa gramática invisible?—. Joshi existió y fue mi maestro. Se hizo muy famoso cuando predijo el fin de Hitler en una revista astrológica de la India. Joshi mantuvo correspondencia con un astrólogo muy cercano a los círculos de poder de los nazis. Ésa es una extraña historia que seguramente te interesará, Mijael. Por cierto, ¿no has tenido ningún contacto con Heny?... ¿No?... ¿Para nada?

ॐ

Estas cartas se me están volviendo una obsesión, Mijael. Sé que nos cambiarán para siempre. Ahora entiendo muchas cosas sobre tu forma de ser y de actuar. Si eso me pasa a mí, ¿qué te sucederá a ti? A veces se me olvida que todavía no has recibido noticias mías. Cada vez que me siento a escribirte tengo la sensación de que estás frente a mí, que me has estado escuchando. Que ya lo sabes todo. Quizá no quiero imaginar el momento en que las abrirás. Siento por adelantado lo que estás percibiendo. Estoy contigo. Como nunca, estoy contigo.

Volvamos ahora a Varsovia, Mijael... Noemí y Mara regresan a Varsovia. Empiezan los éxodos. Grandes ma-

sas se desplazan de un lado a otro sin saber realmente dónde estarán más protegidos. Son movimientos ciegos. Venían los rusos. Se oía hablar mal de ellos. Que robaban, que violaban, que eran unos salvajes. ¿Te acuerdas cómo te impresionaban las películas de refugiados? A veces pienso que en una de esas cintas filmadas en blanco y negro, de los noticieros de la guerra que pasaban en los cines de antes, la imagen de tu mamá aparece capturada por unos segundos eternos. El camino polvoso, carretas con muebles, maletas, las mínimas pertenencias, y ahí están, por un momento, los ojos cansados y apagados de Mara que lleva casi a rastras a su pequeña hija judía, quien está fatigada hasta el desmayo. Mara la carga en algunos tramos.

A esas alturas ella no podía haber recibido dinero de los tíos, me dice Noemí, queriendo convencerse de que hay actos gratuitos en la vida, de que Mara, su madre polaca, la quería; la salvó, arriesgó su misma existencia por ella.

Regresan a la casa de los suburbios de Varsovia, pero ahora el hambre no se confina al gueto. La ciudad está en ruinas. En esos tiempos, Mara salía a vender trebejos a un mercadito para tratar de subsistir y Noemí-Yadwiga se quedaba sola en la casa. ¿Te das cuenta de que siempre se repite esa misma imagen de soledad? Una niña sentada en cuclillas, leyendo en un cuarto mientras afuera está el incendio. De pronto entra un soldado alemán. Se le hace muy raro ver a una muchachita, hija de campesinos polacos, con un libro. Pregunta quién es ella. Noemí no se inmuta. Ha congelado los sentimientos. Tiene una total indiferencia. Que pase lo que tenga que pasar. Que rueden los dados.

Al regreso de Mara, los vecinos le comentan sobre la visita de un soldado. Se asusta mucho. Decide que tienen que adentrarse en la ciudad. Cruzan el puente del río Vístula, que divide Varsovia y Praga. ¿Tú sabías que en Varsovia estaba otra Praga? Kafka en Varsovia. Eso ya lo sabíamos. Lo que ignoraba es que Praga fuera un barrio de Varsovia. Algo que también me llamó la atención es que el parque de diversiones de esa ciudad se llamaba Luna Park. Esa ciudad y sus parques estaban abandonados. Era una ciudad fantasma con pobladores que vivían como fantasmas.

Gracias a un contacto de Mara, se alojan en el Cuartel General de la Resistencia Polaca. Las condiciones son terribles para todos. No hay alimentos. No hay agua. Noemí se recuerda llena de piojos grandes y blancos: en la ropa, en las costuras, en los cabellos.

Desde el tercer piso del cuartel se asoma al balcón y observa la ciudad. Sus ojos buscan el gueto. Sabe que hubo un levantamiento. A ella no le tocó vivirlo. Su mirada encuentra a lo lejos esos edificios que tú y yo conocemos tan bien. Ve que una parte del gueto está totalmente quemada.

Se acerca el final de la guerra. Se oye que los ejércitos aliados están aproximándose.

Entre la bruma de esos recuerdos, Noemí ve un funeral. Mataron a uno de los héroes de la resistencia polaca. Es paradójico, pero viviendo entre tanta muerte, es la primera vez que tu mamá ve a un muerto. Una gran cantidad de gente ronda el féretro para rendir los últimos honores. Noemí ve el cadáver. Le impresiona ese rostro blanco con tintes amarillos y morados en donde se aprecia un diente de oro.

Mara intuye que hay peligro. Agarra a su hija de la mano y corre con desesperación. Deben alejarse de ese lugar a como dé lugar. Atrás de sus pasos, justo atrás de sus pasos, comienzan a caer las bombas. No queda piedra sobre piedra.

Capítulo VIII

19 de febrero de 1942

Para: Jasper Harker, director general adjunto del MI5.
De: Dick White, director asistente de la División MI5 B

Nunca me ha gustado Louis de Wohl. Me parece un charlatán y un impostor. Ha tenido alguna influencia en oficiales de alto nivel de la Inteligencia Británica, a través de su profesión de observador de estrellas.

La preocupación de los altos mandos del Servicio de Seguridad británico, conocido como MI5, es creciente, temen que sea embarazoso que se dé a conocer que la Inteligencia Naval y Militar del gobierno británico tuvo que recurrir a un astrólogo al que Dick White, con un eufemismo, llama "observador de estrellas". Sin embargo, en 1940, cuando la invasión alemana parecía inevitable, ante la desesperación por saber cuándo iba a ocurrir, ante la falta de información confiable, lo que decían las estrellas era mejor que nada.

Gilbert Lennox, teniente coronel de Operaciones del MI5, escribe en un informe fechado el 14 de enero de 1943:

El único interés de las predicciones astrológicas para los Departamentos del Servicio, o para cualquier otro caso, sería lo informativo que los consejos brindados en estos reportes pudieran ser los mismos que Hitler recibe de sus astrólogos. El peligro es que toda esta especie de seudociencia es muy engañosa, y a menos de que lidie con esto una persona con fortaleza mental, completamente escéptica, se podría tener complacencia en una perspectiva totalmente errónea.

Había que espiar a Louis de Whol. Entre febrero de 1943 y septiembre de 1944, el MI5 abrió y leyó diez cartas de Viorel Tilea a De Whol y ocho del astrólogo al diplomático que sirvió como embajador de Rumania de 1938 a 1940. Tilea conoció a Karl Krafft en Suiza y le sugirió a De Whol que ese hombre era el astrólogo de Hitler. Le dijo que Krafft mantenía correspondencia con Rudolf Hess, uno de los hombres más cercanos al líder nazi. Para Tilea la inferencia era clara. No obstante, otros informes señalaban que Hitler pensaba que la astrología era una estafa. Los anglosajones tenían una "gran fe" en los horóscopos. Él no.

Lo que realmente pasaba se movía entre cortinas de humo. Ni los británicos ni los alemanes querían mostrar que sus líderes se guiaban por las estrellas. En todo caso, estas creencias se podían utilizar y se usaron para tratar de desmoralizar al enemigo con una guerra propagandística. Sin embargo, en ambos frentes había quien pensaba que las guerras astrales en sí mismas tenían un valor estratégico. Altos mandos nazis como Heinrich Himmler, Rudolf Hess y Alfred Rosenberg tenían un gran interés en el ocultismo. En 1939, al regresar de Alemania a Estados Unidos, el académico Nicholas Murray Butler decía que Hitler no tenía tan solo un astrólogo sino todo un equipo. Por el otro lado, el contralmirante John Godfrey, director de la Inteligencia Naval, y otros altos oficiales del ejército británico consideraban que había que contrarrestar el pensamiento astrológico de los círculos nazis. Escuchaban los consejos de Louis de Wohl. Esto era fuente de controversia en los Servicios Secretos del MI5 que se avergonzaban con el pensamiento de que algún día salieran a la luz estas historias.

¿Quién era en verdad Louis de Wohl? Las descripciones señalan que poseía un don espléndido para dramatizar los destinos de sus clientes de altas esferas, quienes parecían aceptarlo como un filósofo, un santo, un profeta, como un padre y confesor, todo al mismo tiempo. Su mirada, de acuerdo con algunos testimonios, era hipnótica. De Wohl era un hombre complejo, talentoso, sensible, inteligente. Era un gran conversador. Estaba en contacto con refugiados del nazismo en Estados Unidos y tenía una red de amigos en los medios artísticos, en los círculos de cineastas y de diplomáticos en Gran Bretaña. Uno de esos conocidos era el embajador Tilea, con quien cultivó una cercana amistad. En julio de 1940, cuando en Rumania subió al poder un nuevo gobierno de derecha, le ordenaron a Tilea regresar a su país. Le pidió consejo astrológico a De Wohl. "No vuelvas. No salgas de Londres", le dijo, y puso al tanto de lo que ocurría a sus enlaces de la Inteligencia Británica. El embajador recibió asilo político. Nunca regresó a Rumania.

El teniente coronel Kenneth Strong, jefe del MI14, la sección de Inteligencia Militar dedicada a Alemania, veía el valor de contar con un personaje como Louis de Wohl: un escritor de novelas y guiones cinematográficos, con conocimientos de la vida alemana, era ideal para formar una sección dedicada a sembrar propaganda con el fin de debilitar al enemigo. Por otro lado, los alemanes también pensaban en términos parecidos. Habían contratado al astrólogo Karl Ernst Krafft para trabajar en un proyecto concebido por Goebbels sobre las profecías de Nostradamus y el triunfo nazi, bajo la supervisión del doctor Heinrich Fesel, del cuartel de la SS conocido posteriormente como RSHA (Oficina Principal de Seguridad del Reich).

En un juego de espejos, los alemanes también tenían la mira en el sospechoso embajador Tilea. ¿De qué lado jugaba? Al saber del vínculo que Krafft tenía con el embajador Tilea, decidieron aprovechar la oportunidad. Cuando en 1939 Krafft le reportó al doctor Fesel que había escrito una carta a Tilea, le revisaron el borrador, la intervinieron sin su consentimiento y agregaron párrafos en donde el astrólogo mencionaba que, tras la fácil victoria militar de Alemania sobre Polonia, sería aconsejable que Rumania aceptara la idea de un inevitable nuevo orden. Se delineaba la situación de Europa bajo la óptica alemana y se trataba de influir en Tilea para que se alineara con quienes serían a todas luces los vencedores. Lo mejores tiempos de Alemania estaban por venir. Lo empujaban así a que se colocara del lado "correcto" de la historia.

Al recibir las misivas de Krafft, Tilea se dio cuenta de lo que estaba pasando. Le comentó a De Wohl que si el astrólogo suizo –que le había demostrado con creces su talento– vivía ya en Berlín, era porque debía estar aconsejando a los nazis, si no es que al mismo Hitler. De acuerdo con la información de Tilea, se pensaba que Hitler creía en la astrología. Louis de Wohl, quien también tenía correspondencia con Tilea, no necesitaba más. Convenció a los ingleses de la necesidad de entablar una guerra de astrólogos. Al saber que los nazis leían su correspondencia, inventaba cartas a Tilea, en donde levantaba sospechas sobre las intenciones de Krafft. Para sacarlo del escenario, trataba de desacreditarlo ante los ojos de los alemanes. Tras bambalinas, los servicios secretos de Gran Bretaña y Alemania espiaban las misivas de Krafft, de Tilea y del mismo De Wohl, en un intento por mover los hilos teatrales de esta historia.

Sin embargo, la agenda de Louis de Wohl se escapaba de control. La preocupación del MI5 creció cuando se enteraron que De Wohl tomaba notas sobre las actividades astrológicas secretas que realizaba para el gobierno de Inglaterra porque estaba considerando escribir un libro sobre estos episodios, si no es que ya lo estaba escribiendo. ¿Qué se iba a pensar de la Inteligencia Británica? ¿Dejaría mal parados a los servicios ingleses? ¿Qué iba a decir el libro? ¿Sería una novela en donde imaginaba la relación de Krafft con Hitler? ¿Llegaría a ese extremo?

Ya había un precedente: en 1940 publicó una novela titulada *Introducción al Doctor Zodiaco* que cuenta la historia de los intentos de Hitler por contratar a un personaje de origen húngaro para que fuera su astrólogo personal. En 1945 escribe *La hija extraña*, en donde el mismo Doctor enfrenta batallas contra la magia negra. Su lucha contra los agentes enemigos —que parece de película— se entremezcla con su trabajo de apoyo a la Inteligencia Británica llevado a cabo durante la guerra. Era una novela donde los planetas funcionaban como espías en el cielo que filtraban información secreta, pero no se presentaba como un testimonio real.

En 1952, publica un libro titulado *Las estrellas de la guerra y de la paz*, que pretende ser una autobiografía. Cuando los agentes del MI5 examinaron el libro de Louis de Wohl para ver que no se revelara ningún secreto, el dictamen no fue amable, pero no encontraron algo preocupante más allá del daño a su reputación. No supieron leer a un personaje de novela llamado Louis de Wohl. Como lo señala uno de sus amigos, bastaba asomarse a la lectura que hizo De Wohl de su propia carta astral, en donde por escrito da una suerte de autorretrato que no deja de ser fascinante, aunque esté agrandado por la mitomanía novelesca y el narcisismo. Dice de sí mismo:

"Es todo a la vez, convencional y excéntrico, es conservador y al mismo tiempo se interna en cualquier cosa nueva que brille con intensidad. Tiene un gran sentido del romanticismo. Su activo más fuerte es su imaginación, que no se detiene ante nada. Es alegre, adorable y bondadoso, aunque a la vez mantiene un ojo crítico para consigo mismo. Le gusta la vida social pero también disfruta de la soledad. Durante su vida nunca madura por completo. De alguna manera siempre es joven. El trabajo rutinario no es bueno para él, los demás deben hacerlo. De hecho, a menudo es escritor. Es poeta y por regla general tiene dotes histriónicas. En el escenario no pueden prescindir de él, pero también actúa en la vida real y la modifica."

Capítulo IX

Mijael lee con avidez las páginas del suplemento cultural que le dio Dora, en donde ella publicó un cuento inspirado en su maestro Joshi. Dora le cambió el nombre por el de "señor Karvi" y le dibujó otros rasgos físicos. Desde las primeras palabras Mijael se da cuenta del homenaje a Borges, otro hombre-libro en palabras de Dora.

Un mapa del cielo

¿Te acuerdas de la maqueta arquitectónica que pretendía replicar una ciudad en forma exacta?

Al principio, el modelo tenía los trazos más reconocibles, los edificios fácilmente identificables; después se fueron agregando elementos cada vez más complejos: árboles torturados por el asfalto de las banquetas; postes de luz que pierden la vertical; callejones sin salida; muros que muestran las cicatrices oxidadas del tiempo; la circulación discontinua de automóviles; personas que cruzan las avenidas sin precaución; rostros temerosos que se asoman por las ventanas, tras las cortinas raídas y amarillentas de esos viejos edificios de la maqueta. Era algo así, ¿no? ¿O eran tal vez mapas?

El caso es que, si el modelo es fiel, en esa miniatura tendrá que reproducirse, finalmente, una ciudad en toda su riqueza. En la maqueta, con mucha atención, incluso se pueden escuchar los gritos agrios de una pareja en medio de olor a cebolla frita; al afinar la vista se alcanza a ver a un grupo de muchachos jugando futbol en un parque, la portería marcada por dos montoncitos de camisas. En un elevador, a oscuras y en forma clandestina, un adolescente toca tímidamente el vello dorado del muslo de una compañera de escuela. En el mismo edificio, en uno de los departamentos del último piso, el señor Karvi se encuentra a solas; estudia unos viejos libros. Tiene 70 años. Es de baja estatura, el cabello gris enmarañado como zarza, las orejas pronunciadas, las cejas pobladas, los ojos oscuros. Viste pantalones holgados y una camiseta blanca por fuera que subraya un cuerpo delgado con el vientre ligeramente abultado.

El señor Karvi, a su manera, realiza maquetas de la vida desde hace mucho tiempo. Estudia atentamente el cielo y sobre un papel traza los emplazamientos de los astros y los planetas en diversas regiones del espacio. Así como hay personas que disfrutan inventariar las clases y formas que tienen las hojas de las plantas, él se considera un entomólogo del cielo, un riguroso investigador de las geometrías estelares. Fue la lectura de un tratado sobre la astronomía en Babilonia, referido en la *Enciclopedia Británica*, lo que lo llevó a una hipótesis increíble: el cielo es un mapa de lo que nos acontece. Había en ese pensamiento un eco de las matemáticas fractales: la figura ondulada del borde del mar y la tierra, vista desde un avión, es similar a la que se ve desde un balcón a unos cuantos metros de la playa, es similar al borde que se dibuja en el pequeño espacio donde las olas tocan nuestros pies. Se preserva la misma geometría a pesar de las diversas escalas. El mapa de la vida en un trozo del cielo lo remitía a un problema que siempre le había intrigado. ¿Puede un modelo científico reproducir la realidad a la que alude? ¿No se vuelve demasiado esquemático y reduccionista?

Al principio fue simplemente un divertimento, un juego matemático de correlación. Analizaba las fechas significativas de las vidas de sus amigos y seres queridos, y las cotejaba contra las entrañables formas y movimientos del cielo que tanto conocía. Para su sorpresa, el modelo arrojó ciertos trazos reconocibles: era apenas una caricatura, pero estaba ahí.

Poco a poco, después de varios años de observación, la interrelación de variables se hizo cada vez más compleja. Se delineaban más detalles. Comenzaba a dominar un código que le revelaba todo un mundo atrapado en una hoja de papel. Unas cuantas anotaciones, diagramas y símbolos estelares eran, ante sus ojos, ecuaciones de vida.

Un giro de la Luna se correlacionaba con un viaje que cruzaba los mares; el movimiento de Marte encendía la sangre; las simetrías entre Venus y Júpiter permitían ver la belleza y conocimiento que desarrollaría un recién nacido. El mapa del cielo se fue llenando de raras avenidas, tolvaneras, calles perdidas, arbustos de estrellas. El modelo era cada vez más prolijo.

El señor Karvi decidió investigar qué tan lejos podía llegar esta descripción y se concentró a fondo en el caso de un viejo e íntimo amigo al que había dejado de ver desde hacía muchos años. La hora de nacimiento estaba marcada por una luna exaltada, que auguraba una curiosidad de relojero ante los libros y las palabras. Correcto. Así había sido: su amigo se había distinguido por la capacidad de dibujar extraños mundos mediante la palabra. La presencia de Saturno imprimía un aire taciturno en la mirada. Y en efecto, sobre los ojos de su amigo flotaba una densa neblina. El señor Karvi trató de ver el entorno de los primeros años de su amigo: ahí estaban marcadas calles populosas y la presencia de un río del que incluso, por un momento, escuchó su rumor. Desconfió en seguida: ¿no sería una trampa de la memoria de la infancia compartida? Examinó el espacio correlacionado con los hijos y constató que en una carta astral como esa no existía la menor posibilidad al respecto. De nuevo dudó. Ese era un dato que él ya conocía; sin embargo, el mapa parecía hablar por sí solo. Apareció un parque —indicado por la presencia de Mercurio— y vio el encuentro de su amigo con una mujer de cabellos rojos. Pudo apreciar el número de lunares del torso de ella, la textura erizada de la piel, el temblor del deseo en la mirada. Qué raro. Su amigo nunca le había hablado de esa mujer. Vio el momento en que tomó un tren y se marchó de esas tierras sin decir adiós, un momento que nunca presenció. Desde esos tiempos no lo había vuelto a ver. Habían pasado tantos años. El mapa, sin embargo, marcaba el regreso. Casi pudo escuchar en ese papel unos pasos lentos y medidos que recorrían un pasillo cubierto con una alfombra raída de color azul.

El señor Karvi estaba inquieto, levantaba constantemente la vista de los mapas astrales; la densidad de lo mostrado en el papel comenzaba a desbordarlo. Se colocó unas sandalias de hule y se dirigió a la puerta justo en el momento en que tocaron en ella. Él ya lo sabía. Un hombre con un bastón, de mirada perdida, apareció en el umbral. Entonces ocurrió la experiencia con una claridad deslumbrante. Vio una frente blanca, marcada con pequeñas islas pardas, en donde se hallaba la misma configuración de planetas que había estado estudiando, trazada nítidamente sobre la piel. El mapa se había vuelto cuerpo y en el cuerpo era visible el mapa.

Mareado, cerró los ojos. La imagen que brotó en su interior se fue sintonizando poco a poco, como la pantalla de una televisión vieja, hasta mostrar el cielo, el tiempo y la simetría de astros que acompañaba a ese rostro entrañable.

El hombre tosió. El señor Karvi abrió los ojos, espoleado por el sonido, y lo reconoció nuevamente. Cómo había envejecido su amigo. Lo invitó a pasar al departamento. Lo tomó del brazo y se dirigieron al balcón. Ya era de noche. La ciudad era un laberinto oscuro vestido de luces irreales. Se veía como una maqueta nocturna. Era —lo sabía también el escritor ciego que lo acompañaba—, la exacta réplica del mapa del cielo.

Dora no dejaba de sorprender a Mijael, quien no sabía que el dramaturgo Peter Brook la había introducido al pensamiento de Einstein con un giro imaginativo interesante: todas las ecuaciones tenían que incluir un factor subjetivo al que llamaba "la dimensión de la calidad", en donde el mundo interno y externo quedaban unidos por un principio de proporción y armonía. Cuando el ojo se mueve recorriendo un cuadro de Francisco Toledo o la majestuosidad de una catedral, sigue el mismo ritmo con el que se mueven con delicadeza las manos de una actriz sobre el escenario teatral, o vuela un danzante en el aire mientras sigue el latido de la música.

Ese era el ritmo que captaba su maestro Joshi. El movimiento aparente de los astros se correlaciona con las sílabas de los cantos védicos, con un reloj cósmico marcado por el flujo de la respiración y el desplazamiento del planeta en el espacio jaspeado de estrellas.

Dora recuerda cómo en su adolescencia ella misma percibió ese ritmo. En los campamentos organizados por su escuela, ya entrada la noche, se recostaba en el pasto y contemplaba el lento movimiento de las estrellas que iban ascendiendo en el firmamento. El planeta era una nave que surcaba los mares del cielo. Parecía girar muy despacio alrededor de su propio eje y alrededor del Sol, tan lentamente que casi no se notaba. Las estrellas fijas soñaban con desplazarse en cámara lenta. Cada veinticuatro horas la Tierra daba una vuelta completa, pero minuto a minuto eso prácticamente era imperceptible, a pesar de que la velocidad real era asombrosa: se movía cerca de 1,670 kilómetros por hora. Ese era el promedio en el ecuador del planeta. Lo rápido y lo lento fluían de manera simultánea. Como en un barco en aguas tranquilas, cuando no se mira al mar parece que estamos en tierra firme. Cada dos horas, despacio, muy despacio, subía en el horizonte una nueva constelación, un nuevo signo zodiacal que equivalía a 30 grados de arco de los 360 grados del círculo celeste.

¿Podríamos apreciar lo que sucede cuando nuestro planeta gira tan solo un grado de arco? Eso ocurre cada cuatro minutos. ¿Y qué pasa cuando el movimiento del planeta es menor a un grado, tan solo quince minutos de arco? Eso sucede cuando en nuestro reloj ha pasado un minuto. El movimiento espacial es casi inapreciable, pero está ahí. El aliento se sincroniza con el ritmo del cielo. Adentro y afuera, afuera y adentro. Sin saber entonces de esos detalles, eso es lo que intuía Dora, adentro y afuera, afuera y adentro, cuando su respiración se inundaba de la belleza de esos instantes y el olor de la leña de la fogata del campamento le traía el eco de un fuego crepitante, de unas llamas en donde se adivinaban las formas de unas letras que venían de muy lejos.

Los antiguos textos védicos dicen que un minuto de tiempo es igual a una respiración, la cual, a su vez, se puede medir como la clara enunciación de diecinueve sílabas largas. De esta forma, el movimiento del planeta se correlaciona con la respiración y con el canto. Al recitar un himno védico se conoce hasta el nivel del aliento más delicado, los cambios de las figuras o constelaciones que aparecen en los cielos. Joshi, el maestro de Dora, era un hombre-reloj cósmico. Mijael se asombra con las palabras que escucha. Las sílabas y la respiración siguen la cadencia de los movimientos aparentes de los astros. El universo es un poema rítmico, un pulmón que correlaciona mundos internos y externos.

Dora se arroja aún más al fuego de las ideas que se entrelazan y comenta que el ensayista italiano Roberto Calasso era también un hombre-reloj cósmico, que decía que las sílabas, las métricas de los versos de los textos védicos, eran el rebaño de los dioses, movían el flujo del tiempo y del espacio. Los ritmos y rotaciones en el cielo se acompasan con el lenguaje. Esta es la intuición de grandes poetas. Octavio Paz escribió el poema *Piedra de sol* siguiendo, con el calendario azteca, el ciclo de traslación del planeta Venus, que tiene 584 días. Su poema está compuesto por la respiración de 584 versos endecasílabos. En el cielo y en nuestros huesos, hechos de polvo de cielo, se asoma una escritura. Te conté de Sor Juana, ¿verdad? "Sílabas las estrellas compongan." Tal vez de ahí abrevó Octavio Paz al escribir el poema "Hermandad". Dora recita de memoria los versos: "Soy hombre: duro poco / y es enorme la noche. / Pero miro hacia arriba: / las estrellas escriben. / Sin entender comprendo: / también soy escritura / y en este mismo instante / alguien me deletrea". Mijael se queda sin aliento, con la sensación de que ha trascendido todos los límites temporales y espaciales. ¿Se puede uno asomar al lugar desde donde nacen todos los relatos y destinos? ¿Se puede leer la caligrafía del trozo del cielo que nos marca a cada instante? Dora recuerda lo que sintió en una ocasión en que un hombre de mirada vacilante vino a consultar a su maestro. Joshi no tan solo veía la puerta por donde entraba o el punto cardinal desde donde se movía, también parecía percibir el aire de las estrellas y planetas que acompañaban esos pasos en ese momento. Podía desplazarse dentro del ritmo de la vida que se acercaba a él antes de que siquiera le hicieran una pregunta.

Mijael de pronto se inquieta. El tiempo, el instante, gira hacia la configuración de la duda. *¿Por qué, entonces?* Dora adivina su pregunta. Le ofrece consuelo. Hay historias que son una encrucijada en donde coexisten lo asombroso y lo que rompe el sentido. En esa noche de tejidos ocultos le ofrece un relato más.

El novelista Elie Wiesel llegó a Bombay una mañana húmeda de enero de 1954. Unos días después, al salir del hotel, se encontró con un viejo asceta: "Por cinco rupias le leo su futuro". Wiesel, sobreviviente del Holocausto, de los campos de concentración, le respondió con ironía: "Le doy diez rupias si puede adivinar mi pasado". Wiesel dice que el viejo, desconcertado, le pidió que anotara en un trozo de papel su fecha de nacimiento y cualquier otra fecha. Apenas terminaba de escribir los datos cuando el viejo ya le había arrebatado la hoja, giró y dándole la espalda permaneció en silencio por un momento. ¿Qué es lo que estaba calculando? Wiesel cuenta que cuando ese hombre tornó su rostro estaba horrorizado. "Veo cuerpos", dijo, "muchos cuerpos". Ahora fue Wiesel quien se estremeció. ¿Cómo pudo saber lo que significaba en su interior la fecha del 11 de abril de 1945?

Ese fue el día en que Wiesel se liberó del campo de concentración en donde se encontraba. En el camino de salida, su memoria quedó sellada por la imagen de cuerpos, muchos cuerpos, cadáveres apilados por todas partes. Esa visión inexplicablemente había sido percibida por un asceta que nada sabía de esa oscura historia. ¿Qué enigma se encerraba en ese encuentro en Bombay? Ahí había un misterio del tamaño de los ciclos del tiempo y del giro de la noche y el día, que se abría lentamente en el corazón.

Capítulo X

Mijael tiene desparramadas en su cuarto viejas revistas y libros. Sube y baja escaleras con varias cajas que recogió en el Instituto de Física de su universidad. *¡Yuju! ¡Ya llegué!* Mijael juguetea consigo mismo sabiendo de antemano que su departamento está vacío. *¿Qué tal?*, dice en voz baja con el cartón besándole la barbilla, las manos soportando el peso en medio del intenso olor a papel húmedo. *¡Hola! ¿Cómo estás? ¿Cómo te fue?* Empuja con la punta del zapato la puerta entreabierta. *¡Hola!* Nadie responde. Acomoda la caja en el suelo con torpeza. Al final se le cae con un golpe seco. Ve el desorden del cuarto y piensa en Heny. Cómo le sacaba de quicio la manera en que aparecía un libro acá, unas medias por allá, la toalla junto a la televisión. Con un cuchillo poco afilado rebana con trabajo la cuerda que ciñe la caja. Abre las tapas y saca esas revistas de astrología que dieron a parar a las bodegas de la universidad. Un pequeño equívoco, el cambio de dos letras: la ele por la ene y la ge por la eme, ha hecho que una gran cantidad de esas publicaciones de todas partes del mundo haya llegado desde hace muchos años al Departamento de Astronomía. Mijael sonríe ante la ironía. Después de todo, ambas tienen que ver con las estrellas. Dora le contó que Joshi mantuvo correspondencia con quien algunos consideraban el astrólogo de Hitler. Mijael ha investigado, se llamaba Karl Ernst Krafft. Dora le dijo que fue él quien le mandó a Joshi la fecha exacta del nacimiento de Hitler: 20 de abril de 1889 a las 18:30 horas en Braunau am Inn, Austria. Poco a poco, buscando en bibliotecas, en las revistas y libros que le ha dado Dora, en la misma embajada de la India y en tiendas de libros viejos en el centro de la ciudad, Mijael ha ido armando el rompecabezas lleno de versiones contradictorias. Trata de ordenar sistemáticamente los materiales que han llegado a sus manos. Entre las revistas encuentra un viejo ejemplar de la publicación hindú *The Jyotish Magazine*. Al hojearlo descubre sorprendido un artículo de Joshi. Está fechado el 15 de marzo de 1937. Joshi analiza astrológicamente los acontecimientos mundiales.

> Las natividades de Mussolini y Hitler conducirán a Europa hacia una zona peligrosa. Les toca a los países restantes, con hombres de Estado más sabios, establecer el equilibrio en la política. Obsérvese el horóscopo del emperador de Japón y podrá apreciarse cómo Italia, Alemania y Japón rompen con absoluta impunidad la ley pública del mundo.

Sin embargo, no encuentra nada sobre la correspondencia entre Krafft y Joshi. Busca infructuosamente en varias revistas. Abre una de las cajas de libros cercanas. Al revisarlos le llama la atención uno de pastas amarillas desgastadas que está escrito en inglés. Es sobre astrología hindú. Al abrirlo ve que pertenece a Dora. El autor es Rasik Joshi. Sus ojos recorren rápidamente las páginas. De pronto le brincan unas palabras. Escribe Joshi: "Probablemente, entre 1936 y 1939, estuve en contacto con el reconocido astrólogo Karl E. Krafft. En una de las cartas que me escribió, en donde adjuntó un ejemplar de su libro *Tratado de astrobiología*, me dijo que Hitler había estado interesado en la astrología por mucho tiempo". La sensación de Mijael es de mareo. ¿Cómo es que ocurren esas cosas? Krafft le da a Joshi la fecha y hora de nacimiento de Hitler. ¿Cuál es su punto vulnerable? ¿La astrología? ¿Por hacerle caso o por no hacerle caso?

Mijael lee con avidez, pero ya no encuentra algo más sobre esta correspondencia. En su revisión de datos, le sorprenden unas líneas en las que Joshi habla del intercambio epistolar que sostuvo con Carl Gustav Jung. Pero eso no es lo que busca.

Krafft es todo un enigma. Mijael se interna en el laberinto de libros que mencionan a este personaje tan extraño. Los textos refieren que fue uno de los primeros astrólogos que quisieron aplicar las matemáticas y la estadística al estudio de las configuraciones estelares; trató de dar una base científica a la astrología. Sin embargo, estas investigaciones son consideradas poco fiables. Por otra parte, hay quienes sostienen que jamás conocieron a un astrólogo que igualara a Krafft.

Karl Ernst Krafft nació en Basilea, Suiza, el 10 de mayo de 1900. Surge de una mezcla explosiva que lo pone en las fronteras de la razón, lee Mijael. Su madre, dice un biógrafo, era "patológicamente despótica, y su padre, espeso de mente y cuerpo". La personalidad resultante es la de un romántico decadente, esquizofrénico, vengativo, inteligente, rencoroso, perturbado. La muerte de su joven hermana en 1917 contribuyó aún más a su desequilibrio.

En 1923 publica su primer libro: *Las influencias cósmicas sobre el individuo humano;* 1924 es un año de muchos cambios: viaja a Londres, regresa a Basilea y finalmente se instala en Zúrich, donde se dedica a la videncia y al mismo tiempo trabaja como discípulo del doctor Liebmann Hersch, profesor de demografía y estadística de la Universidad de Ginebra. Entre su creciente clientela se encuentran hombres y mujeres poderosos, como el conde y la condesa Keyserling. Ella describe a Krafft de la siguiente manera: "Es un extraño hombrecillo con el aspecto de un gnomo muy pálido, de ojos negros ardientes, un poco degenerado... Brillaba en él cierta luz, pero era una llama helada, como la de los fuegos fatuos que danzan en los cementerios o que nos arrastran a un pantano".

En esos tiempos, Krafft conoce a un hombre que lo pondrá en contacto con los altos dirigentes nazis: el ingeniero Edward Hofweber, amigo de Rudolph Hess. En Alemania, en un clima de depresión económica, el terreno era fértil para la proliferación de magos y profetas. Hitler está al tanto, a través de Hess, de diversos astrólogos que tratan de adivinar su futuro. Ya en 1923, Elsbeth Ebertin, quien hacía horóscopos muy cotizados, publicó en un almanaque sobre Hitler: "Sus constelaciones indican que este hombre debe ser tomado muy en serio; está destinado a desempeñar en batallas futuras el papel de Führer." Esta previsión causó gran sorpresa, ya que en esos días Hitler era considerado tan sólo un agitador. No deja de ser irónico que Ebertin acertara con base en una hora equivocada del nacimiento de Hitler. Mijael se queda pensando cómo es posible que mediante métodos incorrectos se llegue a resultados correctos. No es la primera vez que sucede.

Rudolf Hess tenía gran respeto por Krafft. ¿Lo llevó a visitar a Hitler a su residencia de montaña de Berchtesgaden? Si esto hubiera sucedido así, ¿no se habría guardado ese encuentro en el mayor sigilo? Si nunca ocurrió, ¿fue De Wohl quien filtró el rumor?, se pregunta Mijael, acostumbrado a jugar con las hipótesis.

A comienzos de 1940, Krafft gozaba de celebridad entre los jerarcas nazis. Instalado en Berlín, recibe la encomienda de Goebbels de realizar comentarios sobre las profecías de Nostradamus. Acepta así trabajar para el comité secreto de astrólogos de la propaganda nazi. Se intentaba sembrar en revistas de ocultismo de Inglaterra información sobre lo que las estrellas indicaban como inminente: la derrota de Churchill, la capitulación de Gran Bretaña.

En febrero de 1941, publica un libro de 200 páginas titulado *Nostradamus predice el porvenir de Europa.* Se trata de una apología del nazismo. En contraparte, los agentes británicos también dan su versión de los oscuros versos del siglo XVI del vidente francés de origen judío. Nostradamus es reinventado e interpretado a modo. ¿Qué pensaría Hitler de esas adaptaciones o invenciones si es que acaso llegó a leerlas?

> El proveedor provocará la desbandada.
> Sanguijuela y Lobo, mi parecer no escuchan:
> Cuando Marte esté en el signo del Carnero
> junto a Saturno, y Saturno a la Luna,
> entonces será tu mayor infortunio,
> cuando el Sol alcance su exaltación.

La conjunción Marte-Saturno en Aries tiene lugar cada 30 años. Una conjunción de este tipo en el zodiaco sideral, ocurrió el 11 de febrero de 1940. La primera conjunción Luna-Saturno que siguió tuvo lugar el día martes, día de Marte (dios de la guerra), el 9 de abril de 1940, a las tres horas y 23 minutos. Ese día, justo al alba, Alemania ataca Dinamarca. Las conjunciones celestes son los garantes de que los vientos guerreros soplan a favor, pero, por otro lado, ¿quiénes son la Sanguijuela y el Lobo? ¿A quién alcanzará el infortunio? Esa sentencia era ominosa para Hitler ya que durante los primeros años de su carrera política, el jerarca nazi utilizaba el seudónimo herr Wolf (Señor Lobo).

Krafft decía que la guerra debía terminar en 1942. Corría el rumor de que él y otros astrólogos aconsejaban no invadir Gran Bretaña en julio de 1940, justamente cuando los ingleses eran presa del desaliento y la confusión. Los servicios secretos nazis tenían sus dudas sobre los motivos reales de estas recomendaciones. Desde su punto de vista, las supersticiones astrológicas estaban haciendo perder a

Alemania una oportunidad de oro para derrotar a Inglaterra. En todo caso, se intensificaron las sospechas e investigaciones a los astrólogos y sus conocidos. Pocos imaginaban el cambio del destino que estaba por venir:

El 10 de mayo de 1941, Rudolph Hess, el confidente de Hitler, quien fuera considerado su mismo sucesor, se fuga en un avión a Inglaterra para llevar a cabo una misión secreta: negociar la paz entre Alemania y Gran Bretaña. ¿Se trataba de una oferta real o sólo era una maniobra distractora? Los ingleses no quisieron correr ningún riesgo y lo capturaron. Ya sea que esta aventura se haya realizado con el acuerdo del Führer o no, lo cierto es que la Gestapo sugiere que Hess había enloquecido por culpa de los astrólogos. Empieza la arremetida contra ellos. El 14 de mayo se lee en el *Völkischer Beobachter:*

> En los medios del partido todo el mundo sabía que Rudolf Hess se hallaba gravemente enfermo desde hacía tiempo y que cada día le era más necesario recurrir a hipnotizadores, astrólogos y ese tipo de personajes. La investigación dirá en qué medida estos pueden ser responsables de la confusión mental que le impulsó a realizar este gesto.

Mientras tanto, en Londres, el *Times* del mismo día ofrece otra versión, ¿filtrada tal vez por De Wohl?:

> Algunos amigos íntimos de Hess dan al asunto de su fuga una explicación interesante. Dicen que Hess ha sido siempre, en secreto, el astrólogo de Hitler. Hasta el mes de

marzo, por lo menos, le había predicho constantemente su buena suerte y nunca se equivocó. Pero luego, y a pesar de las victorias conseguidas por Alemania, no cesó de declarar que las estrellas mostraban que la fulgurante carrera de Hitler estaba a punto de acabarse.

Mijael recuerda un reportaje que vio en la televisión sobre la prisión de Spandau en la que Hess estuvo confinado. Al final de sus años era el único prisionero. El reportaje hablaba de los altos costos que eso significaba. En la celda de Hess, sobre las paredes desnudas, colgaban varios mapas astrales. Mijael piensa en las imágenes que entran a la memoria sin aparente razón hasta que un día se vinculan con otros datos y adquieren sentido. Reanuda sus lecturas. Subraya con un marcador de color amarillo fosforescente los párrafos que le interesan.

El 9 de junio de 1941, la Gestapo arresta al ingeniero F. G. Goerner, quien hacía investigaciones astrológicas y era amigo de Krafft. Lo interroga sobre sus relaciones con el astrólogo suizo y las posibilidades de un alfabeto secreto, instrumento de espionaje y contacto con el enemigo inglés.

El 12 de junio de 1941, Krafft es detenido por la Gestapo. Se le cuestiona sobre un astrólogo, quizá de origen húngaro, que había trabajado con él en Urberg. A través de este contacto, ese astrólogo, llamado Von Wohl, tuvo la oportunidad de enterarse de dos datos importantes: las técnicas y métodos de trabajo de Krafft, y una información que se había querido mantener en secreto: la fecha y hora de nacimiento de Hitler. De esta forma, Von Wohl estaba en la posición de elaborar el mismo tipo de predicciones que Krafft hacía. De nuevo la duda. Piensa Mijael: ¿Esa información fue filtrada a la Gestapo por De Wohl?

En 1938, Von Wohl huye a Inglaterra donde su nombre se transformará a Louis de Wohl. Unos dicen, lee Mijael, que este personaje realmente nació en Berlín el 24 de enero de 1903. Otros, que nació en Hungría. De origen burgués y judío, De Wohl fue periodista y autor de novelas históricas. Ocultista practicante, era muy estimado por la alta sociedad berlinesa. De acuerdo con otra versión, De Wohl contó que en 1938 los nazis le rogaron que pusiera su talento al servicio de Hitler. Tras consultar a los espíritus, tuvo el valor de negarse y abandonó Alemania para instalarse en Inglaterra. Lo cierto es que De Wohl trabajó para el servicio de inteligencia británico. ¿Qué tanto fue mitificado este episodio por ese personaje? ¿Qué tanto inventó el novelista su participación en esos hechos? Ficción y realidad, el núcleo de verdad que tocan los mitos, mentiras sucias y coincidencias asombrosas que rebasan la imaginación del escritor más atrevido, se entreveran en los hechos históricos. Difícil discernir en medio de tanto ruido intencional, piensa Mijael.

De Wohl publicaba falsos reportes con predicciones astrológicas adversas a los nazis, los cuales se distribuían en Alemania. En cajas de herramientas procedentes de Suecia, cubiertas con aserrín, se encontraban ejemplares de revistas de astrología, supuestamente impresas en Berlín. En éstas, personajes como Himmler tenían los peores presagios en los astros. En libros firmados por falsos autores alemanes, se usaban las citas de Nostradamus para predecir la caída del nazismo. Una de las obras maestras de este género de literatura fue difundir que Krafft le había enviado una carta a De Wohl en la que se anunciaba el fin de Hitler.

Por otra parte, los alemanes distribuían en territorio enemigo folletos con predicciones de Nostradamus que, de acuerdo con Krafft, "no eran halagüeñas para los británicos".

En medio de esas guerras sicológicas, el 3 de octubre de 1941, Martin Bormann prohibió a los diarios tratar temas relacionados con astrólogos y otros charlatanes. Se arrestan y mandan a campos de exterminio a más de cien astrólogos, videntes, médiums y otros profetas de mal agüero. Se destruyen los libros sobre estos temas, entre ellos miles de copias de un libro escrito por Joshi traducido al alemán por Wilhelm Bartherlog: *Indische Astrologie.*

La vida de Krafft termina de manera trágica. Es internado en prisión junto con sus colegas sin acusación concreta; más tarde se les permite a algunos de ellos colaborar con el Ministerio de Propaganda en la redacción de predicciones que buscan sembrar dudas en el enemigo. Krafft, en un principio, participa en estas tareas, pero termina rechazando de manera iracunda esos trabajos que considera indignos de su genio. ¿Había previsto que le pasaría algo así?

En una carta que escribió el 11 de noviembre de 1933 a un amigo francés, el doctor Maurice Fauré, definió el tipo de personaje que él mismo era sin tener que acudir a las estrellas. Se describió así:

"Hay personas que no se pueden encasillar y que, a pesar de sí mismas, viven vidas inquietas; personas que son empujadas y perseguidas por sus genios y sus demonios (unos son muy parecidos a los otros); que siempre siembran y casi nunca cosechan, que son azotados sin piedad por un destino que parece llevarlos en sus brazos, para arrojarlos un instante después al oscuro abismo de las dificultades interiores y materiales. Desde un punto de vista estrictamente racional no existe una 'línea que me guíe', ya sea en mis estudios, trabajos de investigación o actividades prácticas. Así, cada departamento de mi vida refleja algo tan escoriado, tan salvaje, tan romántico, por decir lo menos, que cuando yo esté muerto serviría como material para una novela en lugar de un trabajo científico".

El final de los días de Krafft ocurre en el campo de concentración de Buchenwald. Sufre depresión nerviosa y manía persecutoria. Muere de tifus el 8 de enero de 1945.

Anochece. Las sombras invaden el departamento de Mijael. Sólo hay una pequeña lámpara encendida. Mijael piensa en los claroscuros de Krafft y De Wohl. ¿Puede un novelista intervenir en los acontecimientos históricos? ¿Vería Krafft en las estrellas de Hitler lo mismo que vio Joshi? ¿Seré yo mismo la ficción de un novelista? A esas horas de la noche no se puede saber. *¿Quién nos escribe, Heny? Dile, por favor, que cambie nuestra historia.* Mijael, vencido ya por el cansancio descubre otra revista hindú. Palpa las hojas amarillentas, pegadas aquí y allá por una antigua humedad, de un ejemplar de *The Jyotish Magazine,* fechado en abril de 1943. Aspira su olor penetrante. Ahí está justamente la predicción de la que le habló Dora, que hizo famoso a Joshi. ¡Si existía!

Hitler se encuentra en el periodo de Rahu, de la cabeza de Dragón, y en el subperiodo de la Luna. La segunda parte del subperiodo comienza desde el 11 de octubre de 1944 y continúa por nueve meses. Solamente durante este periodo la carrera de Hitler podrá ser detenida. La constelación natal que gobierna el ciclo principal de Rahu tiene el nombre técnico de pratyak, obstrucción. La Luna preside la constelación de Vipat Tara, indicadora de heridas. La conjunción de las influencias destructivas de Saturno y Rahu se manifestará alrededor de la segunda semana de mayo de 1945. El desarrollo de los acontecimientos en Alemania en el futuro próximo será repentino, dramático e inesperado. Hitler tendrá un final especialmente violento, debido a la poderosa disposición de Marte.

En abril de 1945, la derrota de Hitler es inminente. Se dice que está obsesionado con la lectura de horóscopos, que busca afanosamente un golpe de suerte como los que tenía en el pasado. Cree que la señal se da el 12 de abril, cuando se entera del fallecimiento ni más ni menos que de su gran enemigo: Roosevelt. Vive el delirio de una victoria insospechada. Él lo sabía. Ahí está el giro que lo cambiará todo. Sin embargo, el cerco no cede, la ciudad de Berlín es arrasada. El Tercer Reich se desmorona. Hitler vive en un estado de ansiedad extrema. Se encuentra completamente desesperado. ¿Teme la venganza de los astrólogos que ha mandado a la muerte? El 30 de abril sobreviene el fin de Hitler. El 8 de mayo de 1945, a medianoche, Alemania capitula. Eso no lo lee Joshi en las estrellas, sino en los periódicos del día siguiente.

Capítulo XI

Las bombas caen una tras otra. Pasan silbando a los lados, al frente y atrás, siempre a un costado de tu mamá. Alrededor de ella se teje una geometría de incendios. Cada uno de sus movimientos es justo para evitar la muerte. Un paso más o un paso menos formaría otra figura en esa danza inconsciente de la vida. Mara y Noemí están en un refugio antiaéreo. Se ve humo por todos lados. Varsovia está en ruinas. Noemí vuelve a ver esos edificios destruidos que aparecen en sus sueños.

Heny interrumpe la escritura. Las lágrimas le nublan la vista. Respira hondamente y descansa con la cabeza hacia atrás. El vientre se mueve al ritmo de un leve quejido.

Querido Mijael, mi querido Mijael: ojalá pudieras leer mis pensamientos. Esto ya no te lo puedo escribir. Tómala como una más de mis cartas mentales, de mis conversaciones mentales contigo. Ojalá me pudieras oír. Tú no sabes que desde hace tres meses troné con el otro. Pero no te lo puedo decir. Un día, al despertar al lado de él, sentí una punzada en el pecho. Me di cuenta en un golpe definido, sin ninguna duda, de que eres tú a quien quiero. Simplemente lo advertí con una certeza que se extendía por todo mi cuerpo. Nunca había experimentado algo semejante. Me levanté, me vestí rápidamente, borroneé una nota de adiós y me fui. A buena hora me defino. No sé cómo explicarte la manera tan profunda en que estoy unida contigo. Lo he descubierto al escribirte estas cartas. Por una vez en tu vida escúchame desde adentro. Ojalá me puedas perdonar. Es tan difícil olvidar. Yo tampoco puedo olvidar esos momentos en que me hacías el amor como si me estuvieras haciendo un servicio, totalmente ausente, tratando siempre de dominar la situación. El que se entrega es vulnerable. ¿Por qué estas ridículas luchas por el poder en las relaciones amorosas? Como si fuéramos partidos políticos tratando de ver quién tiene más fuerza. El que expresa ternura es dependiente, débil. Por eso siempre has jugado a ser indiferente. Nunca has podido entregarte sin reservas. Debes salir del infierno de tus guetos interiores. Me duele muchísimo no acercarme. No puedo aún. Por un lado, siento profundamente lo que sucedió. Temo que nunca me perdones, que en el fondo siempre te quede un resentimiento. Por otro lado, necesito estar sola para poder escribirte estas cartas. Necesitamos distancia. Sé que te estás transformando. Lo sé. Estás en un proceso que sólo podrás descubrir por ti solo. Lo puedo sentir claramente. Debes conocer estas cartas que te revelarán tu rostro. No malinterpretes mi silencio. A lo mejor te pierdo, pero correré el riesgo. Qué paradoja, jamás he estado tan cerca de ti. Estoy tocando tu aire. ¿Sabes?, nunca pensé que los fantasmas existieran. Ahora sé que son reales. En nuestro departamento en la Condesa viven gólems de barro etéreo. Hay dos edificios yuxtapuestos: uno, el construido con cemento, madera y concreto; el otro, semitransparente y hecho con la argamasa de nuestros pensamientos, con nuestros miedos, está derruido y en llamas. Ese edificio se ve al filo del ojo cuando haces un movimiento de cabeza demasiado brusco e inesperado: entonces puedes vislumbrar calles grises, puentes viejos y la tristeza de los ojos de Mara. No sabía que se podía cargar con tanto en la cabeza, con tantos fantasmas que ni siquiera conoces. Ay, mi Mijael. A veces pienso que nuestro departamento es realmente un leviatán que flota en las brumas de un mar nocturno, en esos momentos en que la colonia Condesa se convierte en Praga o en Varsovia, cuando las tinieblas de las tres de la madrugada unifican la vida en una masa negra donde no hay espacio ni tiempo.

¿Podremos cambiar? Lo deseo con toda mi alma. Sin embargo, no podemos seguir como antes. Di un paso terrible. No tienes idea de hasta dónde me la estoy jugando. Sé que lo mismo sucede contigo. Pero no podíamos seguir así, con esa falta de intensidad. Ha sido una verdadera sacudida. Créeme que no lo hice a propósito. Aquí están sobre el escritorio todas las cartas que te he escrito con el relato de tu mamá. Después de que te las envíe, te iré a buscar. Va a ser muy difícil para mí. Espero que no sea demasiado tarde. Te mandaré una nota para decirte cuándo llego. Si no estás en casa esperándome, entenderé que no me quieres ver. No volveré a insistir. Respetaré tu decisión.

El hambre es terrible. Noemí me cuenta que incluso llega a robar. En un refugio subterráneo, una señora muy guapa y muy pintada, de quien Mara hablaba pestes —decía que era una prostituta—, deja por un momento su sopa de lentejas. Noemí se come la mitad. Cuando regresa la señora, al darse cuenta de que su comida casi ha desaparecido, se pelea con Mara. Mara le pregunta a Noemí si ella robó el alimento. Noemí dice que no. Mara sigue en pleito con la prostituta. Le dice que por la niña pone la mano en el fuego: Noemí es incapaz de mentir.

Hay cambios constantes de un lugar a otro debido a que se incendian los edificios. Finalmente entran los rusos a Varsovia. Los alemanes huyen. Llega la paz. Varsovia ha quedado liberada.

Aquí hay una laguna, Mijael. Una laguna que dice más que cualquier narración. Noemí reconstruye lo sucedido a partir de lo que sus tíos le contarán años más tarde. De repente Mara desaparece.

El tío David busca a Noemí, a la pariente que quizá sobrevivió. Descubre a Mara en la calle. Posteriormente, Noemí está con sus familiares: con David y Luba, la hermana de su mamá, con el tío Isaac y Lodza. Mara ya no está. ¿Qué es lo que pasó?

Noemí me observa con una mirada dubitativa mezclada con tristeza. Ella quisiera entender. Una revelación inesperada, que la llevó a dudas aún más terribles, surgió cuando estuvo de visita en Tel Aviv con el tío Isaac treinta años después de la guerra. Están en la casa del tío. Toman un café. Noemí observa ese rostro tan entrañable, marcado por las huellas del tiempo: arrugas, calvicie, unos kilos de más. Conversan sobre el clima, sobre la situación política mundial, sobre los hijos. Intercambian fotografías de éstos. Isaac se levanta y saca del clóset un álbum. Se sienta al lado de Noemí. Son fotografías de Polonia. Están en blanco y negro. Noemí e Isaac se sacuden con la nostalgia: ahí está la casa donde vivió Noemí. Efectivamente existió. No era tan sólo un recuerdo del mundo de los sueños que Noemí intentó borrar con todas las fuerzas de su ser. Ahí, al fondo, está ese edificio de tres pisos donde vivió su primera infancia. Noemí es una niña de tres años cargada por su padre sonriente. En la siguiente fotografía aparece su mamá. Es muy bella. El cuello es largo. Elegantemente vestida, está reclinada sobre un diván como si estuviera posando para una revista de modas. Una ligera sonrisa se dibuja en los labios. Sus ojos oscuros observan fijamente a Noemí e Isaac desde entonces. Noemí no la recordaba tan hermosa. Isaac suspira. Entonces dice unas palabras que hacen enmudecer a Noemí: "Quizá todavía estaría con nosotros si no hubiera sido por el hermano de Mara". Noemí toma fuerzas y pregunta por qué la mataron. "Recuérdame", dice tu madre. Isaac no deja de ver la fotografía. "La ambición... la absurda ambición... El hermano de Mara la mató por un puñado de diamantes que tu mamá escondía como último recurso para salvarte." Isaac se vuelve, mira el rostro de tu mamá y se da cuenta de que ella no sabía. Se desconcierta. Su cara palidece. No sabía que Noemí no sabía.

Tu mamá lloró por cinco días seguidos. Después de tantos años, su duelo interior por fin se exteriorizaba. Había muchas dudas. ¿Por qué la separaron de Mara? ¿Mara tendría algo que ver con la muerte de Esther?

ॐ

—¿Mara tendría algo que ver con la muerte de mi mamá? No lo sé. Esa pregunta me persigue desde entonces —le dice Noemí a Heny, mientras las olas estallan acompasadamente.

—¿Cuándo fue la última vez que viste a Mara? —pregunta Heny con la mano cubriendo la barbilla.

—No sé exactamente cuándo ocurrió. Recuerdo que ella vino a despedirse. Fue una despedida muy triste. Yo estaba llorando sin parar. Me dio su dirección, pero la tía Luba me la quitó. Prácticamente me la arrancaron de las manos. Eso es algo que no puedo perdonar.

"Luba me dijo años más tarde que mi mamá dio su vida por mí. ¿La habrían amenazado? No lo sé. Esto me es muy doloroso. El hermano de Mara era policía. Estaba en la milicia polaca. Yo no lo conocí. Según me explicaron, envenenaron a mi mamá.

"La duda es si Mara estuvo involucrada. Quizá. Tal vez se puso de acuerdo con el hermano y le dijo: "Tiene los brillantes". Puede ser. No me atrevo a pensar más allá de esto. A lo mejor Mara quería aprovecharse. Es como esas novelas donde hay un misterio que nunca descubres. Hay algo muy oscuro. Saber lo que pasó me daría tranquilidad.

Capítulo XII

Mijael examina la estatuilla tallada en madera que le enseña Dora. Es Ganesha, el dios con cabeza de elefante y vientre abultado y redondo. Es el dios de los escritores, el dios de algunos ladrones, el dios de la astrología, el que lo sabe todo —y si no, lo inventa— acerca de los destinos. Mijael está muy relajado. Quiere escuchar historias de prodigios, historias maravillosas que le suspendan la máquina del juicio y la razón, que lo lleven a la física de la intensidad, a los mitos y leyendas alrededor del *Jyotish*.

Dora le cuenta la historia de Ganesha: Parvati, la esposa de Shiva —el dios de la destrucción—, concibió por sí misma un hijo que nació del tamaño de un joven completamente desarrollado. En una ocasión le pidió a éste que guardara las puertas de su morada, que no dejara entrar a nadie porque deseaba bañarse. Cuando Shiva llegó a casa, se encontró con un muchacho que le impedía la entrada. Enojado, Shiva le ordenó a sus ejércitos que lo desalojaran. Ganesha resistió y los rechazó. ¿De qué fuerza estaba dotado este joven? Incluso las hordas de los *rakshasas*, de los demonios, fracasaron ante el celo de Ganesha por defender a su madre.

La única forma de vencerlo fue por la espalda. El mismo Shiva se deslizó tras de él y le cortó de un tajo la cabeza. Cuando Parvati se enteró, enfurecida amenazó destruir todas las fuerzas del cielo. Para apaciguarla, Shiva ordenó que pusieran sobre el cuerpo del muchacho la cabeza de la primera criatura que encontraran en el camino. Fue un elefante. Así fue como nació el dios que calma todas las disputas, el dios de la memoria de la escritura en los cielos, el que inspiró al sabio Parashara a escribir el libro de la *Ciencia del tiempo*, el libro clave del *Jyotish*.

Por cierto, el padre de Parashara, llamado Shakti, tuvo una historia similar a la de Ganesha. Los dioses le asignaron guardar la entrada de un camino. Un día, cuando el rey paseaba por el bosque, le ordenó a Shakti que se quitara del camino ya que era muy estrecho. Shakti le respondió gentilmente que, de acuerdo con los preceptos antiguos, era el rey quien tenía que ceder el paso ante los hombres de conocimiento. Ése era el *Dharma* eterno, el camino asignado por el deber.

El rey insistió en hacer obedecer su orden. Shakti se negó. Encolerizado, golpeó al sabio con un látigo. En ese mismo instante Shakti lo maldijo: un demonio entraría en el cuerpo del rey, quien se volvería un caníbal errante por todos los rincones de la Tierra. El rey quedó terriblemente apesadumbrado y perdió la razón. Un *rakshasa* se posesionó de él y lo hizo vagar sin rumbo. Un día se encontró nuevamente con Shakti en un sitio lejano y le dijo: "Ya que me has afligido con esta maldición, comenzaré mi vida de caníbal destrozando tu carne al igual que un tigre que se alimenta de su presa".

Tiempo después, Vasishtha, el padre de Shakti, vio vagar al rey demente que devoró a su hijo y se acercó a él. Lo roció con agua bendecida por palabras sagradas. En ese momento, la mente del rey recuperó la memoria. Saludó al sabio y le dijo: "Soy tu discípulo. Dime tu deseo y así se hará". El santo, con el corazón tranquilo, le dijo que regresara a su reinado y que gobernara sabiamente de acuerdo con los preceptos trazados.

Para entonces, la esposa de Shakti llevaba en el vientre la semilla del consorte devorado. El abuelo Vasishtha le dio alojamiento en su *ashram.* Así nació Parashara, quien al principio creyó que su padre era Vasishtha. Tiempo después su madre le contaría la verdadera historia. Parashara llevó en el corazón una terrible sed de venganza en contra de los *rakshasas.* Al crecer, aprendió misteriosos encantamientos por medio de los cuales se destruían a todos los demonios. Vivía únicamente para eso.

Pero entonces ocurrió un prodigio: su madre se iluminó. Encontró una paz y una serenidad infinita. En ese justo momento, Parashara estaba sentado en un sitio muy lejano ante tres fuegos resplandecientes. Su propio cuerpo semejaba un cuarto fuego. En las llamas se consumían innumerables espíritus malignos, nuevos y viejos. Entonces se acercaron cuatro sabios a Parashara, con el propósito de terminar el ceremonial de destrucción que realizaba: "Ya se ha cumplido el tiempo", dijeron.

Entonces Parashara arrojó los fuegos que había encendido y los lanzó tan lejos que cayeron en un gran bosque al norte de los Himalayas, en donde pueden verse hasta el día de hoy. El fuego en la nieve se vuelve así una pasión purificada sin trazas de rencor. Es una sensación ubicable en el ceño, explica Dora, como la frescura de la pasta de sándalo que usan los yoguis en el entrecejo encendido; ese sitio donde arde el fuego interno de la conciencia ilimitada. *Los Himalayas están en nuestra frente.*

A través del favor de los sabios, Parashara recibió la iluminación y liberó su corazón de resentimientos y deseos de venganza. Con la mente despejada, vio las letras del Purana de Shiva y compuso ese libro que contiene 10,000 estrofas; inspirado por Ganesha, le dictó al sabio Maitreya el libro de la *Ciencia del tiempo*, en el cual se describen los distintos trazos en el cielo que representan los ciclos de las leyes de la naturaleza.

Mijael escucha el tejido de fabulaciones con la boca abierta. Dora sonríe al verlo.

—Si supieras todas las historias que escuché de quienes consultaban a Joshi mientras lo esperaban —dice Dora, siempre atenta al aire que circunda a Mijael, conjurando las fuerzas que ve alrededor de éste.

—Dime una historia en que se venza al destino. Están peor que los griegos —le reta Mijael divertido y en buena lid.

—Te voy a contar dos —le responde Dora—. Una es un relato mítico:

"En los antiguos tiempos védicos nació un gran sabio llamado Markandeya. Como era la costumbre, sus padres le sacaron una carta de *Jyotish* para predecir su futuro. Descubrieron que estaba destinado a morir a los doce años. Sin embargo, desde una edad muy temprana, Markandeya conoció el silencio con el cual se conquista a la muerte. En esa experiencia, uno está más allá de los planetas, fuera de la influencia de cualquier forma. Llegó a ese profundo lugar desde el cual todo puede hacerse o deshacerse. Estaba en la morada en donde todas las leyes de la naturaleza son semillas invisibles que aún no se expresan.

Dora observa el impacto sutil de sus palabras, semillas invisibles que operan como lentas medicinas y se abren paso en el cuerpo y el alma de Mijael. ¿Cuáles son las palabras que llevamos por dentro sin saber y que explican nuestras vidas? Mijael limpia con vaho los cristales de sus lentes, los frota contra la camisa. Se coloca los anteojos y observa a Dora.

—Fíjate, Mijael: desde ahí se conoce la secuencia del tiempo. El tipo de árbol que seremos ya está en la semilla. En ese espacio interno, Markandeya se ganó la amistad de los dioses, de los planetas y de todas las estrellas, y venció las leyes del tiempo: se volvió inmortal —Dora hace una pausa—. De hecho, está aquí a tu lado, pero no lo ves —se burla con picardía. Mijael registra con una mueca la broma y la confianza que implica. Dora prosigue:

"La otra historia me la contó una señora: me juraba que era cierta. Es muy candorosa. Por eso me gusta. Me dijo que cuando llegó el tiempo de casar a su hijo, al consultar al *jyotishi* de su pueblo, éste les dijo que el *karma*, las acciones del pasado, llevarían a la muerte al ser con quien se fuera a desposar tres meses después del matrimonio. ¿Qué hacer? La boda ya estaba acordada. ¿Cómo suspenderla? Al *jyotishi* se le ocurrió una idea que parece de abogado mexicano. ¿Por qué no casarlo primero con un árbol? —Mijael no puede evitar una carcajada franca a la cual se une Dora—. Así se hizo —continúa Dora—. Se realizó una ceremonia. El muchacho dio vueltas alrededor del árbol y quedó ligado con éste. A los tres meses el árbol se murió, aunque algunos dicen que los familiares le ayudaron a morir, y el joven por fin pudo casarse con la mujer con quien originalmente se había acordado el matrimonio. La señora hindú me contó con orgullo que su hijo seguía felizmente casado y que su nuera ya le había dado nietos sanos y fuertes... Las historias de los remedios... —suspira Dora—. Ya en serio, conozco muchos casos en los cuales el conocimiento anticipado altera la secuencia, el destino, se evita el peligro antes de que nazca. En el fondo son relatos de deseos que se visten de piedras preciosas o de cantos a los dioses para reescribir la historia. La clave está en el deseo desde el silencio y en la gracia de Dios.

—¿Hay cosas irremediables? —pregunta Mijael.

—Lo irremediable tiene varias formas. Te voy a contar una historia que me confió Joshi sobre el *Libro del destino* —le dice Dora—. Su maestro era uno de los custodios de esos milenarios libros de horóscopos escritos en hojas de palma. En una ocasión, un gran yogui que se mantenía en el anonimato decidió disfrazarse de hombre de negocios para probar si era cierto lo que se decía del *Libro del destino*. Se acercó al maestro de Joshi y le dio sus datos. Después de una laboriosa consulta en esas viejas hojas, el maestro regresó con las palmas de las manos unidas en señal de reverencia, se inclinó ante el hombre que lo consultaba y le dijo: "Si usted no está iluminado, todo lo que he aprendido en toda mi vida no tiene ningún valor, no sirve para nada".

Capítulo XIII

En las sombras de las palabras de Noemí, en las sombras de la historia que escucha Heny, flotan como demonios las sombras de Bolek, Mara y su hermano.

—¿Por qué no nada más robar los diamantes? —dice Mara, asustada por lo que están tramando.

—Se daría cuenta de que fuimos nosotros —responde Bolek—. Además, se enteraría la niña —su tono es sarcástico. Sabe que ese punto le duele a Mara.

—Simplemente debe desaparecer y ya. Lo mejor es no dejar ninguna huella —plantea el hermano de Mara con la manera práctica y fría de un profesional.

—Es una simple judía. Nadie la extrañará —afirma Bolek con desdén.

—¿Dónde guarda los diamantes? —pregunta el hermano de Mara. Ésta se agita por dentro. Bolek la mira con sorna.

—¿Y si algo sale mal? ¿Y si algún día alguien se entera? —cuestiona Mara. Siente la presión invisible de Bolek: "*Te voy a abandonar para siempre si no estás con nosotros*". La mirada de Mara se encuentra con la de su hermano. Mara se decide:

—De acuerdo. Sólo con una condición. No debe ocurrir en esta casa. No quiero que la niña se entere. Le diremos a Esther que debe salir de aquí, que estará más protegida con mi hermano.

—Dile que su hija corre más peligro si ella la acompaña. La niña puede pasar por nuestra hija polaca. La mamá, no. Eso hará que la judía no sospeche nada —dice Bolek y sonríe con cinismo.

—Sólo un favor —le pide Mara a su hermano—. Que sea una muerte en que no se dé cuenta, por favor... —Mara tiembla internamente con las palabras que se ha atrevido a pronunciar.

Entonces até cabos, Mijael. Le pregunté a tu mamá si de veras le daría más tranquilidad saber lo que pasó. Me dijo que, de alguna manera, en algún lugar, siempre lo ha sabido, pero que nunca lo había enfrentado. ¿Cómo puedes amar como a una madre a quien mató a tu propia madre? ¿Cómo puedes dejar de amar a quien te salvó, arriesgando su propia vida? ¿Te acuerdas de las cartas que intercambiaste con tus tíos de Australia? David te escribió, sin darte detalles, que al final de la guerra rescató a tu mamá. ¿De quién? ¿Por qué? ¿De alguien que le salvó la vida? Le vivirían eternamente agradecidos. Hay algo de eso, pero también algo más. Acuérdate de que David tenía contac-

tos en los bajos mundos, en la policía, entre los soldados de la Resistencia, los partisanos. Estaba buscando a Esther y Noemí. ¿Por qué te escribió enigmáticamente, sin dar pormenores, que pudo vengarse de algunos de los asesinos de la familia? ¿Mató al hermano de Mara e incluso a ésta misma? ¿Cómo supo el tío Isaac que Esther murió envenenada por el hermano de Mara?

Noemí me cuenta que, al confrontar este tema con los parientes, siempre guardan silencio, como si quisieran preservarla de un oscuro secreto que la derrumbaría. Ese silencio la irrita porque en el fondo sabe lo que ha pasado, por eso ha bloqueado los días de la separación de Mara, y porque ahora la tratan como una niña, intentan sobreprotegerla, aquellos mismos que no tuvieron el valor de protegerla cuando la obligaron a dejar ese cuartito donde vivieron recién salidos del gueto. Cuando Noemí se ha encontrado años más tarde con David y Luba, percibe en sus ojos la complicidad de un sacrificio autoimpuesto, bañado en culpa, el cual consiste en mantener un secreto que pretende no dañarla. Pero el daño ya está hecho y también está el resentimiento. David y Luba se sienten culpables de la muerte de Esther. Noemí se da cuenta, aunque lo ha tratado de evitar, de que una zona ambivalente de amor y odio también se extiende a Mara.

David encuentra a Mara. La ha estado esperando. Ella lo ve, lo reconoce y empieza a correr. David la alcanza con violencia. La conduce por las callejuelas. En un rincón apartado, la encañona con una pistola por la espalda, como si la estuviera abrazando:

—¿Dónde está la niña?

—¿De qué me habla usted? Yo no lo conozco.

—¿Dónde está Noemí?

—Seguramente usted me confunde. Yo lo entiendo. A todos nos pasa después de la guerra. Creemos reconocer a personas que hemos perdido.

—¿Dónde está Noemí? —repite David con impaciencia y dobla con fuerza el brazo de Mara. Ella acusa el dolor.

—Yo no conozco a ninguna Noemí. Mi hija se llama Yadwiga —Mara se quiebra—. ¿Por qué me quiere quitar a mi hija?

—Basta de esta farsa. No es tu hija.

Mara llora desconsolada:

—Es mi hija. Yo la alimenté. Yo la cuidé. Está viva. Es mi hija. Esa chiquita es mi alma.

David afloja la presión en el brazo de Mara y guarda la pistola:

—Hablemos directo —le pide David—. Ya nos encargamos de tu hermano —revive de golpe la escena. Las imágenes borbotean en su mente. David está en la casa del hermano de Mara. Lo ha estado esperando, sentado a oscuras frente a la mesa del comedor. El hermano de Mara enciende la luz y se sorprende al ver a un extraño. Intenta reaccionar, pero se detiene aterrado al oír el sonido del corte de cartucho de una pistola. David sostiene y mueve en la otra mano un brazalete de diamantes. Es lo único que queda de las piezas que guardaba la mamá de Noemí. David se acerca. Coloca la pistola en la sien del hermano de Mara, quien tartamudea y le cuenta lo que sucedió. Después David recuerda el sonido seco de tres disparos y la sangre que corre en el rostro del hermano de Mara.

—No vale la pena una muerte más. Quitaste una vida y salvaste otra. No vengo por ti. Sólo quiero a la niña.

Mara se queda con la mirada perdida durante unos segundos. Se mantiene en silencio.

—Yo traté directamente contigo, Mara. No me digas que no me reconoces. De todas maneras, daré con Noemí. Tú lo sabes. Será peor para todos. Tu hermano me confesó cómo ocurrió todo. Será más doloroso para Noemí. Tú decides.

Mara tiene el pelo revuelto. Unos mechones le cubren la frente. El viento frío golpea su rostro y seca las lágrimas que se vuelven costras transparentes en su piel blanca, enrojecida.

—Está bien. Se la daré. Sólo le pido un favor. Esa niña, mi hija, ha tenido demasiadas pérdidas. Déjeme despedirme de ella. ¿Sabe usted guardar una promesa? Nunca le cuente de esto a mi chiquita. Ya ha sufrido demasiado. Ojalá algún día Dios me perdone. Usted también tendrá algo por que pedir perdón a Dios. ¿Quién no? No me juzgue. No entiendo nada. Desde hace muchos años no entiendo nada.

Imagínate, Mijael, todos los cambios que vivió tu mamá en esos días: desaparece Esther y desaparece Mara. Luba y David son los nuevos padres, pero no tienen ningún horizonte. Es el tiempo de la posguerra. Las masas de refugiados se mueven de un lado a otro, sin patria, sin hogar, sin recursos económicos. Isaac y Lodza deciden ir a Israel. David y Luba piensan en Australia. Luba está embarazada. En ese contexto, Noemí será una terrible carga. Pero mira nada más esta novela, Mijael, justo entonces aparece el tío Moisés y dice: "Vengo por Noemí". No cabe duda de que, como dicen, la realidad le gana a la ficción. Quizá porque la realidad es la ficción de Dios, un dramaturgo insuperable. Quién sabe. Los hermanos del papá de Noemí, que vivieron en Francia, habían emigrado a México. Al finalizar la guerra, a través de la Agencia Judía, investigan si hubo algún sobreviviente de la familia. En la lista, el único nombre que aparece es Noemí Shtajner. Sin pensarlo, el tío Moisés se lanza a Polonia en su búsqueda. Al llegar a Varsovia le informan que Noemí ya no está ahí. Probablemente se encuentra en un campo de refugiados en Alemania. Tiempo después encuentra por fin a Noemí. Esa misma noche se decide el cambio. El destino dice: México.

—En algún momento le avisaron a mi tío que ya no estábamos en Varsovia, que habíamos salido a Alemania. Finalmente nos encontró. Al día siguiente él y yo nos fuimos de Europa.

Una brisa entra a una terraza de Acapulco en donde conversan dos mujeres. Desde la lejanía sus voces no se oyen, la casas de la bahía se vuelven pequeños puntos luminosos que flotan como estrellas, como galaxias en el negro de la tierra nocturna, confundida con el negro del mar, que se confunde con el negro del cielo.

—Esa noche del encuentro me la pasé llorando —le dice Noemí a Heny con la voz casi inaudible—. Me acuerdo también de David y Luba llorando. ¿Qué podían ofrecerme? Para mí, sin embargo, era una tercera pérdida. Realmente no sé cuántas pérdidas llevaba yo para entonces.

"Al principio, después de lo de Mara, no me quería ir con ellos, pero tampoco quería irme con un tío al que apenas recordaba —Noemí se levanta por una fruta. Trae dos platos pequeños y dos cuchillos. Le ofrece a Heny una mandarina—. ¿En qué íbamos? —pregunta Noemí mientras monda la fruta.

—En lo que ocurrió después de la guerra.

—Ah, sí... Me acuerdo de los campos de refugiados... Al final de la guerra, se vino a vivir con nosotros Fela, una prima muy guapa que se quedó viuda. Ella, además, perdió a su hija. Eso fue antes de que llegara el tío Moisés. Salimos de Polonia y cruzamos Checoslovaquia para llegar a un campo de refugiados en Alemania. Parte del viaje lo hicimos en tren y varios kilómetros caminando durante la noche. En uno de los albergues en que nos detuvimos, a mí me tocó dormir junto con Fela. De pronto, cuando ya estábamos acostadas, llegó un señor de cabello rubio que tenía un diente de oro. Esa imagen me repugna. Lo acomodaron en nuestro mismo cuarto. Él se puso junto a Fela y a fuerzas quería tener algo con ella. Yo era una niña inocente. No sabía nada de nada, pero sentía mucha inquietud. ¿Qué iba a pasar? ¿Qué estaba pasando? A cada rato me despertaba. De esa manera, sin querer, no dejé que pasara nada en toda la noche. Yo sólo oía que ella susurraba: "Ahora no podemos. Está la niña". Fue una noche eterna. Toda una batalla. Ahora entiendo que, en medio de tanta desaparición, todos hacían el amor al menor pretexto, como si fueran fantasmas tratando de convencerse de que estaban vivos.

"Ahora que te estoy platicando, recuerdo algo que parece un sueño. Todo es muy borroso. Se me enreda con lo que viví. Tal vez estoy influenciada por lo que me contó Mijael sobre los libros que ha estado leyendo... Me veo en el campo de refugiados. En las noches salgo a pasear por el lugar a solas... Hay varias fogatas. Algunos grupos cantan acompañados de la armónica y el acordeón. Me voy caminando hasta que la música sólo se oye de lejos y me siento en el pasto a contemplar las estrellas. Una noche sentí que alguien estaba a mi lado. Era un señor que parecía loco, con los cabellos revueltos, vestido con una gran gabardina. Se quedaba viendo al cielo con mucha melancolía. Poco a poco le perdí el temor. Nos quedábamos los dos en silencio viendo las estrellas. Después de dos noches, me empezó a hablar. Yo creo que estaba loco porque empezó a decir algo así como que él había sido uno de los astrólogos encarcelados por Hitler. Decía que ya estaba en las estrellas, que él ya sabía que iba a pasar todo lo que pasó. Ay, Heny. Se me enchina la piel. ¿Por qué vienen a mi mente estas imágenes tan raras?

"Empezó a hablar de cosas que yo no entendía, del tiempo de los dioses. De que quisieron adelantar el tiempo de los dioses, pero que no se pudo. Se volvió a verme. Me preguntó si entendía. Me dijo que algún día lo entendería. Me vio con mucha dulzura y me contó que viajaría por mares muy lejanos, que llegaría el tiempo cuando podría soltar lo que me angustiaba: se liberaría mi corazón de todo odio y rencor. Me dijo que eso sucedería cuando pudiera contar mi historia. ¿De dónde sale esto? ¿Es lo que en el fondo más deseo? *Un río secreto nos mueve y entrelaza.*

Heny y Noemí se quedan en silencio. Se miran a los ojos con asombro, en la más íntima y profunda comunión. Son el mismo ser con dos rostros distintos. Dos fuegos que arden ante el mar. Pasan varios minutos completamente calladas. Noemí retoma la palabra:

—Cuéntale a Mijael de su pasado. Si no, todo esto se le va a quedar como un secreto terrible. Debe saber lo que ocurrió. Sé que él está obsesionado por el pasado. Tiene que conocer la oscuridad que ha estado enfrentando. Es un horror inmenso, pero por lo menos podrá darle un tamaño. No hay nada peor que luchar con un monstruo que ni siquiera conoces. Debe darle una forma al horror. Es preferible a quedarse en el horror infinito del misterio. Yo he sido dos personas. Una de ellas no cree en Dios. Si Dios existe, ¿dónde estaba? La otra persona no puede ignorar el milagro, el misterio, también infinito, de la sobrevivencia a pesar de los pesares. En mi vida se han dado demasiadas coincidencias. No puedo ignorar ni el horror ni el milagro. Nunca le he podido demostrar mis sentimientos a Mijael. Me da mucha lástima por él. Me programé para olvidar todo esto, pero siempre ha estado ahí. Ahora puedo hablar de ello. Ya no me puede dañar. Cuéntaselo, Heny. Cuéntaselo.

Querida mamá:

Espero que no te parezca muy impersonal que tu hijo te escriba en computadora y no a mano, pero este artefacto ayuda a escribir más rápido y tengo demasiadas cosas en la cabeza.

Leí las cartas de Heny. No las podía soltar; de hecho, sigo dándole vueltas a lo que leí. Siempre traté de imaginar lo que te tocó vivir. Al verlo en el papel me afectó mucho. Nunca pude entender lo que te sucedió en toda su magnitud. Al acabar de leer las cartas, por supuesto, no pude dormir. Aquí me tienes escribiéndote estas líneas. Alguna vez me preguntaste, cuando le escribía mucho a una novia, a pesar de que ella estaba en México, si lo hacía porque tenía miedo de hablarle de frente. En ese momento me di cuenta de que efectivamente era eso (más mi dificultad de expresar ciertas cosas). Esta carta, sin embargo, no te la escribo por temor a expresarme personalmente, sino por miedo de que me quede sin decir todo lo que necesito decir.

Quizá comprendí lo terrible que fue la pérdida de tus papás, pero la pérdida de Mara jamás la imaginé. Jamás imaginé que hubiera existido esa relación y lo que significó para ti. Nunca imaginé que por la edad que tenías cuando sucedió todo esto, en realidad fuiste otra persona por completo, que tu destino, y el de todos nosotros, se escribía cada instante de aquellos días con infinitas posibilidades de caminos y vidas distintas.

Desde muy niño aprendí a escupirle a Hitler, que había ciertas preguntas que no debía hacer y que había que cambiarle a ciertos programas cuando llegabas al cuarto de la televisión para que no los vieras. Desde chico, cuando ya tenía edad de aprender sobre el Holocausto, solía decir que mi mamá estuvo allí y lo sobrevivió. Lo decía (y lo sigo diciendo) con orgullo. Siempre he seguido con interés lo que sucedió en el gueto de Varsovia. Todavía hasta hoy cuando veo fotos y documentales de la guerra, busco a una niña que pudieras ser tú.

Estos días de reflexión que me han dado las cartas de Heny me han transformado. Me di cuenta de un bulto que he estado cargando y que, supongo, todos los hijos de los sobrevivientes del Holocausto llevamos encima. Por un lado, deseo con todo mi corazón que no hubieras pasado por todo lo que pasaste, pero, por otro lado, no dejo de apreciar que de otra manera, sin esa cadena del azar, no estaríamos aquí (o por lo menos no en estos cuerpos). No hubieras conocido a mi padre. No existiría nuestra familia.

No puedo decir que sienta culpa por estos sentimientos, aunque me traen el sabor de una contradicción profunda. También entiendo ahora, un poco más, por qué a veces siento que cargo con tanta responsabilidad. Ahora me parece claro: es la responsabilidad de estar vivo.

Mi mamá perdió a sus padres, pero no tuvo la oportunidad de hacer un duelo formal por ellos. Yo, que nací cuando los terribles hechos ya habían pasado, nunca le he dicho a nadie (nunca te he dicho, mamá) que lo siento. Que siento mucho por lo que pasaste. Siento mucho que hayas perdido de esa manera a tus padres, mis abuelos, y a tanta gente en el camino de tu vida.

Parecería que la Shive, *los días de duelo por la muerte de nuestros seres queridos, que tanta falta te hicieron a ti, también me hicieron falta a mí.*

Te quiero mucho.

Que no sepas más de penas.

Mijael

Capítulo XIV

¿No responden las mareas a la Luna distante? ¿No responden las aguas de la imaginación a la mirada de la Luna? Dora percibe la vida en términos de correlaciones sutiles, de flujos y secuencias, en términos de signos y presagios del entorno. Observa un cuadro de la película y en seguida ubica los cuadros previos y los que están por venir. Es una lectora de los impulsos de la naturaleza por detrás de las apariencias. Eso es algo que aprendió a distinguir por primera vez en las carreteras cuando viajaba con sus padres; de repente notaba en el paisaje tras la ventanilla del automóvil que aparecía el territorio de la tierra colorada: la vegetación, las formas de las rocas y de los montes, los colores estaban gobernados por un impulso de diseño, una atmósfera que se prolongaba durante una determinada extensión. Después de un tiempo se pasaba a otro territorio. Aquí dominaba otra ley: la del expresionismo, los ángulos y sombras acentuados, la manifestación de espinas y matices secos. Luego seguían territorios exuberantes, en floración, llenos de musgo y agua, marcados por un sentimiento sensual. Cuando pasaba a la comarca de los cactus, de los gigantescos candelabros verdes, su corazón se desbordaba con la vida que presentía detrás del cristal, detrás de las alargadas manos vegetales. ¿Quién gobernaba esos trazos exactos, vigorosos, sobrios, con esa voluntad de unidad de estilo? De región en región variaba el impulso predominante detrás de la forma. Fue su primer conocimiento de la existencia de los dioses, de leyes naturales distintas, con diversas pasiones, texturas y dominios. Poco a poco aprendió a reconocer principios similares en diferentes zonas de la vida. Años más tarde descubriría que eso que llaman en astrología Marte era el mismo impulso detrás de la tierra colorada, de la llama oculta en la materia; era esa fuerza que estaba detrás de los corales, de la energía y de la médula. Veía ese impulso en la manifestación de lo masculino, de lo agresivo, del liderazgo, de la guerra, en el fuego de la lógica y la ciencia. Aprendió a ver a los planetas en el cuerpo: el Sol estaba en los huesos, la Luna en la sangre, Mercurio en la piel, Júpiter en la grasa, Venus en el semen y en los óvulos, Saturno en los músculos. Conoció su correlación con los templos, con los mantos de agua, con las recámaras de una casa, con las estaciones, con los días —lunes de Luna, martes de Marte, miércoles de Mercurio...— y con las horas del día, incluso con la respiración de los segundos; aprendió a distinguir sus correspondencias con los sabores: en lo picante, en lo salado, en lo amargo, en lo dulce; en las piedras preciosas: en el zafiro amarillo y el zafiro azul, en las perlas, en las esmeraldas y en los rubíes; en los árboles: los fuertes y los altos, los estériles y los amargos, los frondosos, los fructíferos y los florales. Conoció sus relaciones naturales y de vecindad, sus amistades y enemistades, sus debilitamientos y exaltaciones. Estudió sobre su distribución dentro de los distintos espacios que conforman las casas que gobiernan al cuerpo y al ser, al habla y la riqueza, a la vitalidad y a los hermanos, a la madre y a la felicidad, a la inteligencia y a los hijos, a los enemigos y a las angustias, al cónyuge y al deseo, a las transformaciones y los puntos vulnerables, al padre y al destino, al poder y la acción, a las esperanzas y a la plenitud, al encierro y a la liberación.

Dora percibe las palabras que están detrás de la frente, detrás de los ojos, ve el lenguaje detrás de un cuello alargado, el pensamiento detrás de la forma de las manos y el deseo que se dibuja en los vellos de los brazos y en el trazo y cuerpo de los labios. Puede ver también las formas de las palabras, las volutas e imágenes que flotan en el aire alrededor de una persona. Es por eso que Dora puede apreciar dramas paralelos: la conversación que ocurre dentro de una conversación. Las batallas que se dan cuando todo está en aparente silencio. Los enfrentamientos de fuerzas que tienen formas míticas, modeladas por deseos e impulsos muy antiguos. Ahí donde se cruzan los fantasmas del pasado reciente, el tiempo de los dioses más remotos y el de los seres humanos. Cada historia fluye en forma paralela, una no invalida a la otra. La lucha se da en cada nivel, simultáneamente, con sus propias reglas, pero los resultados de ellas se afectan entre sí.

Dora ha entrevisto los edificios en ruinas y los incendios que flotan alrededor de Mijael, pero también conoce su parte luminosa, aquella que se ha ido nutriendo en la inocencia de sus encuentros en esas clases y charlas en las cuales parece que no sucede nada más que el intercambio de intelecto e información. Dora ha visto las tormentas invisibles de Mijael y lo ha entretenido en esos momentos mediante ociosas conversaciones sin aparente sentido que, sin embargo, evitan el asalto de fuerzas terribles, conjuran los demonios que lo rondan.

Dora no quiere que Heny y Mijael repitan la misma historia de separación que ella vivió. Siente cómo nace la inquietud en la boca del estómago y en el filo de su pensamiento. Unos perros comienzan a ladrar. Su preocupación crece. Sabe leer los mínimos indicios que preceden los grandes cambios. Mijael toca a la puerta.

Dora le abre. Mijael entra agitado. Dora le pide que se siente. Mijael le agradece, pero permanece de pie con unas cartas en la mano.

—¿Te puedo preguntar algo? —le dice Mijael a Dora con un tono ríspido. Antes que le responda, Mijael prosigue:

—¿Para qué saber del destino si no se puede cambiar? ¿Para qué estudiar el futuro si no se puede hacer nada? Tú me lo habías dicho. Me lo dijiste todo. Me hablaste de un cambio profundo en relación con mi madre, y se ha dado. Estas cartas que me envió Heny con esa historia que desconocía me cambian. ¿Crees que no me doy cuenta de que es la misma historia que me contaste? Es la historia de Parashara, ¿verdad? La historia de los padres devorados por los demonios. ¿Dime por qué se tiene que repetir esa historia?

Siento que mi cuerpo está en otra parte del cuerpo. Tengo la sensación de un chorro de agua que me quema por dentro y sale fuera de mí. Como si estuviera vomitando fuego… Al mismo tiempo me siento aliviado… Profundamente aliviado… —su respiración se calma poco a poco. Dora lo invita a sentarse nuevamente. Mijael se acomoda en el borde del sillón—. Mi madre ya se liberó, ¿verdad? Tú que ya lo leíste en la carta astral lo debes saber. Tú me lo dijiste todo… Me hablaste de que nos llegaría el tiempo de la separación y eso ocurrió… Adoro a Heny. Nunca se lo he dicho a nadie, ni siquiera a Heny. Nunca se lo pude demostrar. Estuve esperando ansiosamente todos estos meses para volver con ella… Después de estas cartas —las agita— no he vuelto a saber de ella… De hecho, no quiero saber nada de Heny. Ahora me siento liberado. En estos meses he ido más allá de mí. Siento que por fin me puedo entregar sin reservas… Pero no será con Heny. Debes estar feliz, Dora. Todas tus predicciones se han cumplido.

Mijael, Mijael, escúchame. Aquí estoy. ¿Por qué no me escuchas? ¿Por qué no vienes?

—Tenías razón, Dora. Hoy que me toca decidir, me inclino por lo irremediable. Tú que todo lo sabes, ¿dime qué tipo de historia soy: de las remediables o de las irremediables? Yo te voy a contestar: soy de las irremediables, pero no me siento mal. Es paradójico, pero ya puedo aceptar las paradojas; aunque por fuera me ves excitado, por dentro hay un sentimiento de serenidad que no conocía en mí y que no depende de nada ni nadie. Me entrego a la vida, a lo que me traiga.

Aprende a leerme, Mijael. ¿Por qué no estás aquí? Heny está sentada y mira el reloj con impaciencia. Se levanta.

Dora observa fijamente a Mijael, conmovida. En el departamento de la Condesa hay una nota que Heny le dejó, desde hace un día, en la esquina del tablero de corcho que ellos llamaban "el rincón de los recados imprescindibles"; a Heny se le solía olvidar revisarlos ante las reprimendas de Mijael, quien siempre los leía de manera sistemática. Pero Mijael ha cambiado. No vio esas letras que quizá lo hubieran transformado todo. Mijael está sentado de manera relajada.

—Dora… —Mijael pronuncia el nombre suavemente. Ella se vuelve a verlo—. La experiencia de este tiempo, de estas cartas con la historia de mi madre y del *Libro del destino* me han hecho otro. Esta experiencia de Dios es imborrable —las sombras se dibujan en el departamento de Polanco. Dora no se preocupa por prender la luz. Atardece. Se quedan en silencio. Después de unos momentos, Dora le dice:

—Estás listo, Mijael. Pase lo que pase, estás listo.

Mijael se despide. Ya es de noche. Se dirige a la carretera a Cuernavaca, donde pasará el fin de semana. Sin pensarlo, toma el camino hacia casa. Eso siempre le reprochaba Heny; para ir a cualquier parte siempre tenía que llegar al centro de su mundo y desde ahí tomar la ruta a seguir. Toda la vida comienza en la calle de Pachuca. Se estaciona frente a la panadería y baja por unas banderillas y unas conchas para la carretera. Observa el edificio de las tormentas, pero ya no siente aprehensión. Le llega el olor de las garnachas que una señora cocina en un anafre en la contraesquina de la calle. Piensa que sería bueno llevarse el libro de poemas de Pessoa que ahora disfruta tanto. Sube lentamente las escaleras. Los juegos de luz y sombra de los faroles se imprimen para siempre en su memoria. Es otoño en la Ciudad de México, un esfumado fosforescente, un eco luminoso se ha quedado todavía en los objetos, en las paredes, en las hojas de los árboles y en el cielo oscuro que aún tiene un resplandor azul rey. Huele a incienso. Abre la puerta y a contraluz de la ventana ve a Heny de espaldas. Ella se vuelve. Las miradas se encuentran y se incendian los cuerpos. No están cerca. Arden a unos cuantos pasos en la penumbra de ese momento, en la noche de la colonia Condesa, transformada en un oscuro bosque al norte de los Himalayas, en donde los fuegos pueden verse hasta siempre. Así estaba escrito y reescrito.

El libro del destino de José Gordon
se terminó de imprimir en abril de 2023
en los talleres de
Impresora Tauro, S.A. de C.V.
Av. Año de Juárez 343, col. Granjas San Antonio,
Ciudad de México